NICOLE BOYLE RØDTNES

WIE DAS LICHT VON EINEM ERLOSCHENEN STERN

WIE DAS LICHT VON EINEM ERLOSCHENEN STERN

Nicole Boyle Rødtnes

Aus dem Dänischen von Gabriele Haefs

BELTZ
& Gelberg

Nicole Boyle Rødtnes wurde 1985 geboren und lebt in Kopenhagen, Dänemark. Die Erfahrung mit einem Aphasie-Patienten in ihrer Familie inspirierte die Autorin dazu, einen Roman über die Krankheit zu schreiben und zu zeigen, wie eine Person verschwindet, wenn sie keine Witze mehr erzählen oder über ihr Leben sprechen kann. Mit ihrem Buch *Wie das Licht von einem erloschenen Stern* möchte Rødtnes Außenstehenden verständlich machen, was für ein harter Kampf es ist, seine Sprache wiederzufinden.
Bei Gulliver erscheint von Nicole Boyle Rødtnes die Elfentrilogie *Die Töchter der Elfe*.

Dieses Buch ist auch als E-Book erhältlich
(ISBN 978-3-407-74710-5)

MIX
Papier aus verantwortungsvollen Quellen
FSC® C089473
FSC
www.fsc.org

www.beltz.de

Neue Rechtschreibung

Die Originalausgabe erschien 2014 unter dem Titel
Hul i hovedet bei Forlaget Alvilda, Kopenhagen
Aus dem Dänischen von Gabriele Haefs
Lektorat: Isabelle Ickrath
Einbandgestaltung: © FAVORITBÜRO, München unter Verwendung von Motiven von shutterstock.com (Pfauenfeder © Evgeniya Moroz) und gettyimages.de (Mädchen mit Federn © Jeremy Woodhouse/Holly Wilmeth)
Layout und Satz: Sarah Veith
Druck und Bindung: Beltz Bad Langensalza GmbH, Bad Langensalza
Printed in Germany
ISBN 978-3-407-82104-1
1 2 3 4 19 18 17 16

INHALT

KAPITEL 1

LUSTIGES RATESPIEL MIT DER SPASTIFRAU

Woran ich mich am besten erinnere, ist das Gefühl, zu ertrinken. Zuerst kam der scharfe Schmerz, als ich mit dem Hinterkopf auf den Boden des Schwimmbeckens knallte. Der Schmerz pulsierte vom Nacken ins Rückgrat und dann weiter in jede Zelle. Ich versuchte zu schreien, aber aus meinem Mund quoll nur Wasser. Das Chlor brannte mir in der Nase und im Hals, als es meine Lunge füllte. Viel zu spät erst konnte ich den Mund zumachen. Ich hustete, aber dadurch kam nur noch mehr Wasser herein. In meiner Brust hämmerte es. Meine Lunge war ein einziger Schmerzklumpen, der nach Sauerstoff schrie. Ich schlug wie wild um mich, wollte nach oben, aber der Schmerz in meinem Hinterkopf war noch immer so scharf, dass er mich blendete. Oben und unten gab es nur noch Chaos. Ich kratzte mit den Fingernägeln über den Boden. Trat um mich, aber mein Kleid wickelte sich um meine Beine und hielt sie fest. Und der Schmerz in meinem Kopf wurde immer schärfer, bis alles andere verschwand.

»Ich heiße Vega«, sagt der Computer, und ich wiederhole.

»Ich heiße Vega«, sage ich. Ich lächele, denn ich kann ja hören, dass ich es diesmal fast richtig gemacht habe.

Alles ist so schwer, seit mein Gehirn in Stücke gegangen ist. Es ist vor sechs Monaten auf dem Sommerfest passiert. Ich bin ausgerutscht und in ein Schwimmbecken gefallen. Bin mit dem Hinterkopf auf den Boden geknallt und ertrunken, bevor Johan mich herausziehen und mit den Wiederbelebungsversuchen anfangen konnte.

Ich kam in einem Krankenhausbett zu mir. Gehirnblutung. Sprachzentrum beschädigt. *Aphasie.* Die Ärzte haben immer wieder versucht, mir das zu erklären. Meine Sprache ist zerbrochen. Wenn ich den Mund öffne, kommt nur ein Wörterwirrwarr heraus.

Das Sozialamt stellt mir eine Logopädin. Sie heißt Charlotte und besucht mich einmal pro Woche, um mit mir zu üben. Sie war vorhin hier und hatte eine Menge neuer Übungen, aber die waren viel zu schwer. Und obwohl sie sagt, dass wir die Sache dann eben langsam angehen werden, finde ich es schrecklich, dass es so ist. Jetzt übe ich mit dem Computer.

Ich schließe die Tür, damit meine Mutter nichts hört. Sie bekommt immer diesen traurigen Blick, wenn ich die Wörter ruiniere, was mir oft passiert. Viel zu oft und absolut gegen den Plan, den Charlotte aufgestellt hat. Aber was soll ich machen? Ich habe ein Loch im Kopf. Ein Loch im Gehirn. Ein Fleck auf dem Röntgenbild. Ein Krater dort, wo die Sprache sein müsste. Der Krater ist entstanden, als Gehirnmasse abgestorben und verfault ist.

Mein Telefon vibriert und ich sehe mir die Mitteilung an. Die Buchstaben verwickeln sich auf dem Display miteinander. Ich brauche Zeit, um meine Gehirnzellen zu sammeln und lesen zu können.

»In 5 Min da.«

Meine Finger gleiten über die Tastatur. Ich konzentriere mich und spüre fast, wie es da oben im Gehirn um das Loch brodelt, als ob die restlichen Zellen versuchten, eine Brücke darüberzubauen.

O.k. Das will ich schreiben. Es steht ganz deutlich in meinen Gedanken, aber als ich auf die Tastatur blicke, kann ich mich plötzlich nicht erinnern, welches Geräusch zu den Symbolen gehört.

Ich versuche es also mit K. K wie Konsonant. Krokodil. Es gibt keine Bilder in meinen Gedanken, nur die Erinnerung an das Geräusch. Das ist seltsam. Wenn ich mich wirklich konzentriere, kann ich lesen, aber schreiben kann ich noch immer nicht. Auch das gehört zu den Dingen, die ich an dieser Krankheit nicht verstehe. Aber ich brauche ja auch nicht zu antworten. Ida weiß schließlich, dass Nachrichten nicht mehr meine große Stärke sind.

Bald darauf höre ich die Türklingel. Ich warte an der Wohnungstür und sehe Ida, die sich in den fünften Stock hochkämpft. Ihre braunen Locken sind vom Regen verwuschelt. Der Regen kann jeden Tag zu einem Bad Hair Day machen, sagt sie oft.

»Hallo«, sagt sie.

»Hallo«, sage ich. Das ist ein Wort, das ich im Griff habe.

Sie umarmt mich. Ihre Wangen sind eiskalt.

»Hallo, Ida.« Meine Mutter erscheint auf dem Gang. »Das ist aber nett, dass du kommst. Vega freut sich so über deine Besuche.«

Ich schaue weg. Ich finde es schrecklich, wie meine Mutter sich anhört. Bei ihr klingt es, als ob ich irgendein Wohltätigkeitsprojekt wäre. Rettet den Regenwald. Helft den Kindern in Afrika. Besucht die arme Vega, die nicht sprechen kann.

»Das ist doch nicht der Rede wert«, sagt Ida. »Ich werd ja wohl meine beste Freundin besuchen.«

Ja, beste Freundinnen. Das sind wir. Und zwar, seit wir in der ersten Klasse einen Klub für alle gegründet haben, die »My Little Pony« liebten.

»Na, dann macht es euch gemütlich, Mädels. Ich muss gleich in den Verlag«, sagt meine Mutter.

Sie ist Journalistin und schreibt Bücher, in denen sie Promis interviewt. Das Klappern ihrer Finger auf der Tastatur gehört zu den Geräuschen, an die ich mich schon aus meiner frühesten Kindheit erinnern kann. Aber in den letzten beiden Monaten war es still im Arbeitszimmer. Sie fährt noch immer zu vielen Interviews, aber obwohl sie jeden Tag ihr Diktiergerät ablaufen lässt, taucht auf dem Bildschirm kein einziges Wort auf. Und darum wird es sicher gleich im Verlag gehen. Wie sie das Buch fertigstellen sollen, jetzt, da Mama schon wieder einen Abgabetermin verpatzt hat.

Wir gehen in mein Zimmer.

»Wie geht es dir?«, fragt Ida.

»Gut«, sage ich. Das gehört auch zu den Wörtern, die ich gut im Griff habe. Das lernt man, wenn man dauernd gefragt wird: »Wie geht es dir?« Den meisten reicht ein »Gut«, dann laufen sie mit ruhigem Gewissen weiter. Sie bleiben lieber nicht zu lange, denn es könnte ja sein, dass ich plötzlich eine Menge Unsinn von mir gebe.

Ida sieht mich an. Sie kann gut erraten, wann ich darüber reden will und wann nicht. Und heute ist es ein ganz klares Nein.

Ich habe gesehen, dass Charlotte in ihren Unterlagen gesucht hat. Dass sie auch in dieser Woche in viele Spalten ein Minus gesetzt hat. Es ist bald Zeit zu einem *Einstufungsgespräch,* zu dem Charlotte mich, meine Mutter und Alma zu sich bestellt, um über meine Fortschritte oder meinen Mangel an denselben zu reden.

»Du?« Ich bin nicht sicher, ob ich dieses Wort richtig herausbringe, deshalb zeige ich auch noch auf sie. Zeichen können eine große Hilfe sein, vor allem, wenn meine Ohren mich betrügen und sich einbilden, ich sagte das Richtige, auch wenn ich allen andern ansehen kann, dass mir das eben nicht gelingt.

»Gut«, sagte sie. »Das Fest war toll. Du hättest wirklich dabei sein müssen.«

Ich zucke mit den Schultern.

»Nächstes Mal kommst du!« Sie nimmt meine Hand und wir verschränken unsere Finger ineinander.

Ich verdrehe die Augen und mime ein Gähnen.

»Nein, hör auf damit. Du bist nicht langweilig«, sagt sie. »Und wenn du etwas trinken möchtest, bestelle ich das für dich.«

Wir lachen. Denn Ida liebt Drinks und Shots, während ich mehr auf Bier stehe. Wenn ich sie bestellen lasse, dann bin ich sicher schon betrunken, bevor das Fest richtig losgegangen ist.

»Ja, ja«, sagt sie. »Aber zu meinem Geburtstagsfest musst du auf jeden Fall kommen!«

Ich nicke. Das war ein Versprechen, das ich schon vor langer Zeit gegeben habe. Und obwohl es noch zwei Wochen dauert, ist Ida schon gewaltig mit den Vorbereitungen beschäftigt.

Dann setzen wir uns nebeneinander aufs Sofa und schlagen die Beine übereinander, und zwischen uns ist nur noch eine Handbreit Platz.

»Aber das Fest gestern …«, sagt Ida. »Ich hab dir ja so viel zu erzählen.«

Ich nicke. Das gehört zu den Dingen, die ich an Ida liebe. Sie ist eine gute Erzählerin, deshalb braucht nicht alles zu sterben, bloß weil ich nicht reden kann.

»Du hättest mal Susan sehen sollen!«, sagt Ida und verdreht wieder die Augen. »Also, ich weiß ja auch, dass das Thema ›Gangster und Nutten‹ war, aber dennoch.«

»Wir kurz war denn ihr Rock?«, frage ich. Oder genauer gesagt, ich glaube, das gefragt zu haben, aber das Runzeln auf Idas Stirn sagt mir, dass etwas anderes aus meinem Mund gekommen ist.

»Wie kost war das Fest?«, wiederhole ich, und jetzt höre auch ich, dass es nicht richtig war.

»Was der Eintritt gekostet hat?«, fragt Ida. »Vierzig Kronen, das war nicht der Rede wert.«

Ich schüttele den Kopf.

»Wie kost war das Fest?«, frage ich noch einmal und versuche, es mit den Händen zu demonstrieren. Etwas Kurzes und etwas Langes zu zeigen.

Ida überlegt.

»Wie viele da waren?«

Ich schüttele den Kopf.

»Auch egal«, sage ich. Die Wut hämmert hinter meiner Stirn. Blöder Drecksmund und Scheißohren, nie können sie etwas richtig machen.

»Du darfst nicht aufgeben, Vega.« Ida drückt meine Hand.

»Geht es um das Fest?«, fragt sie dann.

Ich nicke.

Sie überlegt noch ein wenig.

»Geht es um Susan?«

Wieder nicke ich. Zupfe ein bisschen an meiner Bluse.

» Ach so.« Ida schlägt sich vor die Stirn.

»Du willst wissen, was sie anhatte.«

Ich nicke.

»Das war … also ich glaube, sie selbst hat das für einen Rock gehalten.« Wieder verdreht Ida die Augen und beschreibt dann ausführlich, wie viel oder genauer gesagt wie wenig Susan anhatte.

Danach gerät unser Gespräch ins Stocken. Ich kann ihr ansehen, dass es ihr Probleme macht, dass ich alles durcheinandergeworfen habe. Es ist aber auch blöd, immer die zu sein, die mit der Spastifrau Ratespiele machen soll.

Ich versetze ihr einen Rippenstoß und sie lächelt. Ich mache eine Handbewegung, um zu zeigen, dass sie weitererzählen soll.

»Hmmm«, sagt sie. »Was ist sonst noch passiert …«

Ich zeige auf sie und mache einen Kussmund.

Sie lacht und wird rot.

»Nein«, sagt sie und errötet noch ein bisschen mehr, und ich versetze ihr einen Rippenstoß.

»Okay«, sagt sie dann. »Ein bisschen vielleicht.«

»Wer?«, frage ich.

»Wenn ich das sage, musst du versprechen, nicht zu lachen.«

Ich zwinge mich dazu, tiefernst auszusehen, und nicke.

»Oscar«, sagt sie.

Ich glotze sie an.

»Verrate das bloß niemandem!«, sagt sie. »Das ist doch oberpeinlich!«

»Ich …« Ich kann das Wort nicht finden, deute aber einen Reißverschluss über meinen Lippen an.

»Ich weiß nicht, wie das passiert ist.« Sie versteckt das Gesicht hinter einem Kissen. »Ich hatte einfach zu viel getrunken und dann …«

Ich reiße das Kissen weg, will noch weitere Einzelheiten hören.

»Was?«, frage ich.

»Es ist einfach so peinlich«, sagt sie und mir kommt ein entsetzlicher Gedanke.

»Bananaka?«, frage ich.

»Was?«

Ich zeige es mit drei Fingern. Vögeln. Sex.

»Nein«, sagt sie und schlägt mir das Kissen an den Kopf. »Also echt, Vega.« Und dann lachen wir beide.

»Aber … ja … Hände. Hände an zu vielen Stellen.« Wieder wird sie rot. »Deshalb musst du doch zum nächsten Fest kommen. Du musst mich zurückhalten, Vega.«

Ida bleibt eine Stunde, dann bricht sie auf. Eine Stunde ist ungefähr das, was wir schaffen. Diese Treffen, bei denen vor allem sie redet und ich mich mit drei oder vier Wörtern begnügen kann.

Als sie weg ist, gehe ich zum Computer, wo noch immer das Sprechtraining angezeigt wird, wie eine dunkle Gewitterwolke aus schlechtem Gewissen. Ich müsste noch mehr üben, aber ich bringe es einfach nicht über mich. Ich rolle mich auf dem Bett zusammen. Der Mittagschlaf ist jetzt alltäglich. Er hilft mir, die Zeit herumzubringen.

Meine Mutter sagt, ich schlafe zu viel. Vielleicht hat sie recht, aber jetzt soll die Uhr einfach nur fünf anzeigen – vielleicht ist Johan dann mit seiner Besprechung im Schülerrat fertig und vielleicht hat er Zeit, bei mir vorbeizuschauen.

Die Träume kommen, sobald ich die Augen schließe. Ich

habe nie so viel geträumt wie seit dem Sturz auf den Hinterkopf.

Heute sind meine Träume vage und seltsam. Sie sind lange Erinnerungsgirlanden. Zuerst aus meiner Kindheit, dann aus der Zeit, bevor ich auf den Kopf gefallen bin und die Wörter verloren habe. Träume von Johan und Ida und von der Zeit, als ein Fest etwas war, worauf man sich freute, statt sich davor zu fürchten … dann zerbrechen die Träume. Es kommen kleine verschleierte Erinnerungsstücke. Ein Pfau. Ein Stöckelabsatz. Fragmente vom Sommerfest … Gesprächsfetzen. Ich tanze. Eine Wange, die an meiner brennt. Hände, die über meinen Rücken tasten. Eine Stimme, die ruft.

Das Bild wechselt. Jetzt bin ich es, die ruft. Ich stehe am Becken. Und dann … falle ich … Das kalte Wasser schließt sich um meinen Körper, aber oben am Rand steht eine Gestalt. Eine, die mich fallen, die mich auf den Grund sinken sieht.

Ich spüre den Schlag gegen den Hinterkopf, als ich auf dem Boden aufpralle, und dann jagt ein scharfer Schmerz mein Rückgrat hinunter.

KAPITEL 2

ALBTRAUM

Ich wurde vom Krankenwagenpersonal wiederbelebt, hat meine Mutter erzählt. Für mich ist das nur eine vage Erinnerung. Es kam mir vor, wie aus einem Traum zu erwachen. Ich erinnere mich an das scharfe Licht im Krankenwagen und an Gesichter, die ich nicht kannte. Ich erinnere mich an die Sauerstoffmaske über meinem Mund, während ich um Atem rang, und an meine Nase, meinen Hals, meine Lunge, die vom Chlor noch immer brannten.

Ich kann sehen, dass sie etwas sagen, aber ich höre nichts. Spüre nur den Schmerz.

Allein schon das Atmen tut so weh, dass ich nicht mitmachen kann. Ich verschwinde wieder in der Dunkelheit.

Meine Mutter sagt, ich sei im Krankenwagen dreimal gestorben.

Ich erwache mit einem Schrei. Mein Körper ist von kaltem, klebrigen Schweiß überzogen, und ich sitze zitternd im Bett, als Mama die Tür aufreißt und ins Zimmer stürzt.

»Was ist denn los?«

»Träume«, sage ich und zeige mit aneinandergelegten Händen auf meine Wangen.

»Albträume«, flüstert meine Mutter, und ich nicke. Ich

hatte nur »Träume« gesagt, denn Albtraum ist ein zu schwieriges Wort für mein Gehirn. Vor allem, wenn es im Moment nur die Bilder noch einmal zeigen kann. Ich, die stürzt und ertrinkt, und die Gestalt am Rand. Ich habe schon häufiger von diesem Abend geträumt. Gleich nach dem Unfall hatte ich jede Menge Albträume, in denen ich ertrunken bin, aber es war nie so wie jetzt. Dieser Traum war anders.

Meine Mutter bleibt eine Weile auf der Bettkante sitzen, sie streichelt meinen Kopf, als ob ich ein kleines Kind wäre. Ich schiebe sie weg.

»Okay, Liebes«, sagt sie und erhebt sich. »Ich bin gleich nebenan, wenn etwas ist.«

Sie geht, während noch immer Reste des Albtraums durch meine Gedanken jagen. Es kam mir nicht vor wie ein Traum, es war so wirklich wie eine Erinnerung. Aber als ich ausgerutscht bin, stand niemand am Beckenrand. Sonst wäre ich doch nicht ertrunken. Sicher spielt mir mein Gehirn einfach einen Streich. Die Ärzte haben gesagt, dass das passieren kann: dass man leicht in Verwirrung gerät und Dinge durcheinanderwirft.

Ich zwinge mich, an etwas anderes zu denken. Ich strecke die Hand nach meinem Smartphone aus.

Eigentlich warte ich auf eine Nachricht von Johan. Ich finde, seit dem Unfall schreibt er deutlich weniger. Früher bekam ich jeden Tag wenigstens sechs, sieben Mitteilungen, aber jetzt kann ich schon froh sein, wenn eine kommt.

Ich würde Ida gern nach ihm fragen. Was er macht und so. Ich habe es einmal versucht, aber sie hat es nicht verstanden. Vielleicht wollte sie es ja nicht verstehen. Es ist nicht gesund, so viel Zeit zum Nachdenken zu haben. Alle zwei Tage bin ich sicher, dass Johan mich aufgegeben hat und mit jeder Menge anderer Mädchen vögelt und dass Ida es mir nur nicht sagen will, weil ich ihr leidtue.

Ich gehe die Kontakte in meinem Mobiltelefon durch. Meine Mutter hat Johans Namen mit einem Herzchen markiert. Zeichen sind leichter als Buchstaben.

Ich rufe an. Er müsste doch jetzt mit der Besprechung des Schülerrates fertig sein.

»Hallo«, sagt er.

»Hallo«, sage ich.

»Hallo. Wie geht's?«

»Gut.«

»Du sprichst ja deutlich heute.«

»Danke«, sage ich, obwohl ich weiß, dass das nicht stimmt. Ich spreche nicht deutlicher als sonst. Ich bleibe nur im sicheren Bereich, bei den Wörtern, die ich kann.

»Also …«, er zögert. »Warum rufst du an?«

»Du fehlst mir.« Ich hoffe, das war richtig. Ich habe es mit Charlotte geübt. Möglicherweise findet sie es ja wichtiger, dass ich sagen kann, was ich essen will, aber für mich ist es eben wichtig, solche Dinge sagen zu können.

»Du fehlst mir auch«, sagt er.

Ich lächele.

Das Schweigen kommt angeschlichen und ich kann

durch die Leitung fast sein schlechtes Gewissen spüren. Ah, nein, Mist. Ich klammere. Ich mache ihm ein wahnsinnig schlechtes Gewissen.

»Soll ich kommen?«, fragt er und ich kann hören, dass er auf ein Nein hofft.

»Ja«, sage ich. Das klingt wie ein Befehl. Ich würde gern sagen: *Ja, wenn du Zeit hast, wenn du Lust hast, wenn ich dir wirklich fehle,* aber das schaffe ich einfach nicht.

»Okay«, sagte er, und es klingt fast wie ein Seufzer. »In einer Stunde. Ich muss nur noch meine Hausaufgaben für Sozialkunde fertigmachen.«

»Okay.«

»Bis dann«, sagt er.

»Ja«, sage ich.

Er legt auf. Ich halte mir das Telefon ans Ohr und lausche der Stille. Ich hätte Nein sagen müssen. Hätte ihn nicht zwingen dürfen, in den Regen hinauszugehen.

Ich schalte den Fernseher ein. Da läuft *Friends.* Ich kenne diese Folge bestimmt fast auswendig, schalte aber trotzdem nicht aus. Das Lachen aus der Konserve hallt im Zimmer fast wider. Ich muss an eine Dokumentation denken, die ich einmal gesehen habe. Es ging um einen Mann, der durch einen Unfall am ganzen Leib gelähmt war, bis auf das linke Augenlid. Sein Herz war gesund und er konnte mit dem linken Augenlid blinzeln. Das war alles.

Mithilfe einer freundlichen Krankenschwester entwickelte er ein System, sie sagte das Alphabet auf und er zwinkerte beim richtigen Buchstaben. So konnte er sich durch die Wörter buchstabieren. Sätze bilden. Reden. Ja, er schrieb dann mit ihrer Hilfe sogar ein Buch. Das ist eine total wahnsinnige Geschichte, und es ist noch viel wahnsinniger, dass ich diesen Mann manchmal beneide. Er konnte sich schließlich verständlich machen. Er konnte noch immer buchstabieren und verstehen und war nicht im Buchstabenlabyrinth gefangen, wo nichts einen Sinn ergibt. Im Moment würde ich so gern eine Mitteilung blinzeln und fragen, was eigentlich an dem Abend passiert ist, als ich ertrunken bin.

Ich kann hören, wie eine Tür aufgerissen wird.

»Hallo.«

Das ist meine Schwester Alma. Sie geht seit einem Monat aufs Gymnasium. Ich kann hören, wie sie ihre Zimmertür zuschlägt. Sie war heute bei einer Aufnahmeprüfung für ein Musical. Das ist offenbar nicht besonders gut gelaufen.

Gleich darauf höre ich die Türklingel.

»Hallo«, sage ich in die Gegensprechanlage.

»Hallo«, sagt Johan und ich drücke auf den Summer.

Johan rennt nicht wie sonst die Treppe hoch. Wir bekommen Blickkontakt, als er den letzten Treppenabsatz erreicht hat. Meine Augen versuchen, das zu sagen, was mein Mund nicht schafft.

»Hallo.« Er drückt seine Lippen auf meine und zieht die Jacke aus.

Wir gehen in mein Zimmer und setzen uns eng nebeneinander auf das Sofa. Ich lege den Kopf an seine Schulter.

Die Regentropfen glitzern in seinen Haaren, dann gleiten sie nach unten und landen auf meiner Wange.

»Ich kann nicht lange bleiben«, sagt er. »Ich muss noch so viel büffeln.«

Ich nicke, aber ich bin doch enttäuscht. Ich habe den Eindruck, dass er nie lange bleiben kann. Er sagt, dass die letzte Klasse vor dem Abi viel schwieriger ist als die vorletzte.

Ich kann das nicht beurteilen – mein Unterricht ist derzeit auf das Sprachtraining bei Charlotte begrenzt. Ehe ich wieder sprechen, lesen und schreiben kann, darf ich nicht aufs Gymnasium zurückkehren.

Ich strecke die Hand aus. Zeichne mit dem Zeigefinger Herzen auf seine Brust.

Er nimmt meine Hand und küsst meinen Finger.

»Ich liebe dich auch.«

Ich lächle, bin immer erleichtert, wenn er das sagt. Es tötet die negativen Gedanken, die sich wie ein Virus in meinem Kopf ausbreiten.

Dann kommt das Schweigen. Johan ist nicht wie Ida. Er kann nicht einfach über den Alltag drauflosplaudern. Wenn Johan redet, dann über wichtige Themen, große Themen wie Politik und globale Erwärmung, oder, wenn er gerade eher philosophisch gestimmt ist, über die Frage, ob wir einen freien Willen besitzen und ob der Tod nur eine Illusion ist. Solche Dinge. Es hat zu den Dingen gehört, in die ich mich bei ihm verliebt habe, dass er zu allem eine überaus klare Meinung hat. Aber jetzt sagt er fast nie mehr etwas, denn das, worüber er reden will, lässt sich nicht mit Ja oder Nein beantworten.

»Hattest du einen guten Tag?«, fragt er.

Ich sehe ihn lange an. Dann nicke ich. Ich würde ihm gern von dem Albtraum erzählen, weiß aber nicht, wie.

Das Schweigen ist wie eine Schlinge, die sich um meinen Hals zusammenzieht.

»Du?«, frage ich.

»Schön«, sagt er nur. Früher hätte er für mich das gesamte Treffen des Schülerrates zusammengefasst und leidenschaftlich die Diskussionen wiedergegeben. Jetzt muss ich mich mit »Schön« begnügen.

Als ich das Schweigen nicht mehr ertragen kann, beuge ich mich vor und küsse ihn. Meine Zunge berührt seine, während seine Hände über meinen Rücken gleiten.

Er schiebt mich auf das Sofa. Küsst meinen Hals.

Ich schließe die Augen und genieße es, dass es Dinge gibt, die selbst dann noch möglich sind, wenn man nicht sprechen kann. Wir haben nie so viel Sex gehabt wie seit meinem Unfall. Nur dabei komme ich mir noch immer normal vor. Nur dabei enttäusche ich ihn nicht.

KAPITEL 3

FALLENLASSEN

Als Nächstes erinnere ich mich daran, dass ich im Krankenhaus zu mir komme. Sobald ich meine Augen öffnete, wusste ich, dass ich im Krankenhaus war. Ich konnte die Pieptöne der Geräte hören. Wie ein Unheil verkündender Wecker rissen sie mich aus meinen Träumen. Meine Augen kamen mir wie ausgetrocknet vor, als ich sie öffnete.

Zuerst sah ich nur die Lampe unter der Decke und den Vorhang vor dem Bett. Dann spürte ich, dass jemand meine Hand drückte. Langsam drehte ich den Kopf. Alma saß neben mir. Sie quetschte meine Hand so fest zusammen, dass es wehtat. Auch Mama war da. Sie hatte den Kopf an die Wand gelehnt und schlief. Ein kleiner Speichelfaden hing aus ihrem Mundwinkel und sie hatte tiefe dunkle Ringe unter den Augen.

Dann entdeckte Alma, dass ich bei Bewusstsein war. Sie öffnete den Mund. Sagte etwas, aber ihre Wörter verschwanden in einem hallenden Murmeln, das ich nicht verstand. Wie bei einer schlechten Telefonverbindung, wo alles verzerrt und undeutlich wird.

Sie weint und lächelt gleichzeitig. Und ich will tausend Fragen stellen. Mein Hals tut weh, meine Lippen sind rau. Ich öffne den Mund, aber alles, was herauskommt, ist: »Bah … bah … bah …« Ich höre mich an wie ein Säugling.

Und Almas Lächeln verschwindet, als sie Mutter wach rüttelt.

Heute Nacht habe ich wieder geträumt. Er war dieses flirrende, flatternde Gefühl, eine Mischung aus Gedanken, Fantasie und Erinnerungen. Aber diesmal sah nicht nur jemand zu, wie ich stürzte. Diesmal wurde ich gestoßen. Das deutliche Gefühl von Händen auf meiner Brust, und wie ich das Gleichgewicht verliere, lässt mich nicht los.

Ich träume immer weiter von diesem Abend. Mein Gehirn lässt diesen kleinen Film immer wieder ablaufen, und je häufiger ich ihn sehe, umso sicherer bin ich, dass jemand meinen Sturz gesehen hat. Und nach heute Nacht spüre ich, wie ein scheußlicher Zweifel in meinem Körper heranwächst: Wurde ich gestoßen? Wenn ich sprechen könnte, würde ich alle anrufen, die auf dem Fest waren, und mir bestätigen lassen, dass mein Gehirn sich irrt. Aber ohne Wörter ist es schwer, solche Nachforschungen durchzuführen, und ich sitze hier mit meinem Zweifel.

Und was noch schlimmer ist, ist, dass heute der Einstufungstag ist. Meine Mutter läuft vor Nervosität schon den ganzen Morgen herum wie ein verwirrtes Huhn. Und sie hat Alma gebeten, von der Schule dazubleiben, damit sie mitkommt, weil mein Vater das eben nicht kann. Papa arbeitet in der Atacamawüste in Südamerika. Er ist seit drei Jahren dort, aber nach meinem Unfall hat er sich zwei

Monate Urlaub genommen. Ich bin sicher, er wäre gern länger hier geblieben, doch die Sterne riefen ihn.

Aber er versucht, so häufig wie möglich anwesend zu sein. Deshalb bin ich durchaus nicht überrascht, als er sich eine halbe Stunde später per Skype meldet.

»Hallo, mein Sternchen.«

»Hallo, Papa.«

»Heute ist also die Einstufung …«

Ich nicke.

»Ist Mama schon total unzurechnungsfähig?«

Wieder nicke ich.

»Das musst du einfach über dich ergehen lassen.«

»Ich werde es versuchen.«

Papa verzieht das Gesicht auf eine Weise, die mir sagt, dass das nicht richtig ausgesprochen war.

»Aber denk dran: Was die Tests behaupten, ist egal. Wichtig ist, was du fühlst, was du hier hast.« Er tippt sich mit dem Finger an die Stirn. »Nur das ist von Bedeutung.«

Ich nicke, obwohl ich Bauchweh habe. Was ich im Kopf habe, ist ein beschädigtes Gehirn mit Löchern. Was für eine Vorstellung, dass Blut das Gehirn zerstören kann. Das werde ich nie begreifen. Wieso es gefährlicher war, dass ich kein Loch im Schädelknochen hatte. Dass ein Schädelbruch besser gewesen wäre, denn dann hätte das Blut ablaufen können.

»Geht's dir sonst gut?«, fragt er.

Ich nicke.

»Dir?«

»Gut«, sagt er, und das kann ich ihm auch ansehen. Ich sehe, dass er strahlt, seit er wieder dort unten ist.

»Und die Sterne?«, frage ich und zeige sicherheitshalber nach oben, damit er versteht.

»So schön und geheimnisvoll wie immer. Genau wie meine Töchter.«

Ich lache. Ich heiße nach einem der drei Sterne im Sommerdreieck. Die beiden anderen heißen Altair und Deneb. Wenn es nach Papa gegangen wäre, würde Alma Altair heißen, und wir hätten noch eine Schwester namens Deneb. Aber das hat Mama verhindert.

Bei meiner Geburt war Mama noch immer von Papas Leidenschaft für Sterne fasziniert und sie hat seinen Namensvorschlag akzeptiert. Aber als Alma kam, hatte sie die Sache schon ziemlich satt.

Trotzdem hat Papa seinen Willen durchgesetzt. Irgendwie jedenfalls. Alma heißt nach unserer Urgroßmutter, behauptet Mama – Papa dagegen behauptet, sie sei nach dem größten Teleskop der Welt benannt.

Zwei Stunden später sind wir beim Sozialamt, wo Charlotte ihre neue Einschätzung vorträgt.

»Tut mir leid, dass ihr warten musstet«, sagt Charlotte, als sie hereinkommt. Ihr Lächeln ist strahlend und jedenfalls zu siebzig Prozent echt, aber die Fältchen um ihre Augen bestätigen, was ich schon weiß. Dass sie keine guten Nachrichten bringt.

Sie setzt sich an ihren Schreibtisch.

»Heute wollen wir ja über Vegas Zukunft sprechen«, sagt sie, legt ihre Papiere hin und holt tief Luft.

»Es ist klar, dass Vega gern …«

Komm endlich zur Sache, denke ich und tippe mit dem Fuß auf den Boden.

»Und sie bringt sich wirklich ein, selbst wenn sie manchmal ein bisschen ungeduldig sein kann.« Sie sagt es in einem nachsichtigen Tonfall, als ob sie es mit einem kleinen Kind zu tun hätte, und ich kann mir den Wunsch nicht verkneifen, dass sie irgendwann selbst eine Gehirnblutung erleiden soll. Keine schlimme, nur eine kleine, damit sie begreift, wie das ist.

»Aber Tatsache ist …«, noch eine Kunstpause.

Ich schiele zu Alma hinüber. Sie bohrt die Hand in ihren Ärmel. Diese schlechte Gewohnheit hatte sie schon als kleines Kind. Sie macht das immer, wenn sie nervös ist. Und ich schaue Mama an, deren Augen an Charlottes Lippen haften. Ich kann sehen, welche Sorgen die beiden sich machen, und meine Haut prickelt, weil ich das wirklich nicht hören muss. Ich weiß genau, was Charlotte sagen will.

»Vega ist leider noch immer im Rückstand, was die normale Kurve des Aufbautrainings angeht. Wir erkennen Fortschritte, aber nur kleine.«

Mama seufzt. Alma wird ein bisschen blass und vertieft sich in den Anblick des Milchkännchens auf dem Tisch.

»Wichtig ist, dass sie nicht aufgibt, sondern immer weitertrainiert.«

»Können wir keine zusätzlichen Stunden bekommen?«, fragte Mama. »Wenn Vega im Rückstand ist, können wir dann für sie nicht mehr Training haben?«

»Leider nicht. Vega bekommt schon die größtmögliche Unterstützung«, sagt Charlotte. »Ich würde Ihnen empfehlen, einige der Vorträge und Workshops zu besuchen, die von den Selbsthilfeorganisationen angeboten werden.«

Ich seufze. Charlotte erwähnt das nicht zum ersten Mal. Mutter war auch bei einigen Vorträgen. Sie hat eine Menge über das Gehirn und darüber gelernt, was passiert, wenn das Sprachzentrum beschädigt wird.

»Vega findet das nicht so gut«, sagt meine Mutter. »Und die Vorträge, die ich besucht habe, waren auch eher für Ältere gedacht.«

Ja, ich habe ein Greisenleiden. Einige der wenigen Bücher über Aphasie, die Alma in der Bibliothek finden konnte, hatten Titel wie »Opa hat Aphasie«. Junge Menschen bekommen keine Gehirnblutungen. Das tun sie einfach nicht.

»Natürlich gehen da vor allem ältere Menschen hin, aber die Workshops sind für alle«, sagt Charlotte und ignoriert mein Seufzen. »Und in diesem Monat gibt es sogar einen mit Schwerpunkt auf Jugendliche mit Gehirnschäden und Sprachproblemen.«

Sie blättert in ihren Unterlagen.

»Ja, und zwar am kommenden Donnerstag.«

»Das klingt doch interessant«, sagt meine Mutter und nimmt die Broschüre entgegen. »Findest du nicht, Vega?«

Ich schaue nur weg. Ich begreife nicht, wie ich weniger krank werden soll, weil ich in einer Herde von anderen Leuten mit Aphasie sitze.

»Ich finde, du solltest der Sache eine Chance geben«, sagt Charlotte. »Es muss doch auch schön für dich sein, andere in deiner Situation kennenzulernen.«

»Nein«, antworte ich nur.

»Vega!«, sagt meine Mutter.

»Es könnte eine Hilfe für dich sein«, beharrt Charlotte, und ich würde ihr gern ein Stück Würfelzucker an den Kopf feuern.

Und so geht das Gespräch weiter – oder genauer gesagt, der Monolog. Denn ich sage nichts mehr und Mama auch nicht.

Danach schweige ich, und Mama sagt auch nichts. Sie nickt nur. Nickt und nickt, und man könnte glauben, ihr Kopf säße locker.

Danach sind wir so klug wie vorher. Oder so dumm. Alma schweigt und weicht meinem Blick aus, während Mama die Unterlagen über meine mangelnden Fortschritte an sich presst. Sie hat Tränen in den Augen.

Ich kann sie nicht verstehen. Es wird doch nicht schlimmer dadurch, dass wir es schriftlich haben. Es ist so, wie es die ganze Zeit schon war.

Ich gehe in Gedanken den ganzen Spruch durch, höre, was Charlotte sagt und was ich antworte, und archiviere es dann zusammen mit allen anderen Gesprächen, die kommen werden, wenn ich erst wieder sprechen kann.

Wir setzen uns ins Auto, und meine Mutter braucht ewig lange, um sich anzuschnallen. Dann fahren wir schweigend los.

Jetzt ist sie wieder da, diese riesige schwarze Blase, die mich umschließt und die alles schlimmer macht. Jetzt werden Mama und Alma in den nächsten beiden Wochen wieder angespannt und abweisend sein. Jede neue Einstufung scheint uns in der Zeit zurückzuwerfen, zu den Tagen gleich nach dem Unfall, wo die beiden so vorsichtig um mich herumgeschlichen sind, dass man meinen könnte, ich wäre ein hochexplosives Minenfeld.

Alma wird für zwei Tage in sich verschwinden und kaum ein Wort zu mir sagen. Dann wird sie sich mit einer neuen Idee für irgendein Hilfsmittel zurückmelden, das mich schneller gesund machen soll. Als Erstes hat sie mir ein Bilderbuch gebastelt. Voller Bilder von Menschen, Orten und Dingen, über die ich vielleicht sprechen wollte. Und auf die ich jetzt einfach zeigen könnte. Mama hat sie die Namen aller Dinge darunterschreiben lassen, damit ich die wieder lernen könnte. Nach dem Bilderbuch hat sie im Internet allerlei nützliche Geräte gefunden, zu denen Mama dann immer Nein sagt, weil wir sie uns nicht leisten können.

Mama geht mit allem ganz anders um. Sie taucht in Bücher ab. Liest über Gehirnschäden und Statistiken und findet Sonnenscheingeschichten, die die besagten Statistiken widerlegen, und diese Geschichten muss ich mir dann anhören.

Und ich … würde am liebsten immer wieder mit dem Kopf gegen die Wand rennen, in der schwachen Hoffnung, dass dann da oben alles wieder auf seinen richtigen Platz fällt.

Mama fährt Alma in die Schule. Alma sieht mich nicht an, sie geht jetzt schon auf Distanz.

Sie steigt aus und Mama winkt ihr zum Abschied, dann fahren wir weiter. Während Mama ihre Tasche nach einem Kaugummi durchwühlt, sehe ich, dass Alma nicht durch das Schultor verschwindet, sondern sich daran vorbeischleicht.

Ich schweige. Wenn ich das wäre, die soeben bei einer solchen Besprechung war, hätte ich auch keine Lust, gleich darauf in die Schule zu gehen. Nach unserem ersten Einstufungsgespräch hatte Alma auch gefragt, ob sie zu Hause bleiben dürfe, aber Mama war dagegen.

»Unser Leben darf deshalb nicht zugrunde gehen«, hatte Mama gesagt, und auch wenn ich glaube, dass sie mehr an sich selbst und an ihr unvollendetes Buch dachte, so musste eigentlich Alma den Preis bezahlen.

Mama hat ihr Kaugummi gefunden. Sie reicht mir die Packung, aber ich schüttele den Kopf.

Dann fahren wir weiter. Ich kann ihr ansehen, dass sie gern etwas sagen würde. Sie schielt immer wieder zu mir herüber, und als wir dann vor einer roten Ampel halten müssen, kann sie es endlich herausbringen: »Ich finde, wir sollten am Donnerstag zu diesem Workshop gehen.«

»Nein«, sage ich nur.

»Vega, ich glaube wirklich …«

»Du gehst …«, sage ich. Das reicht meistens, aber diesmal lässt sie sich nicht beirren.

»Es würde dir guttun. Das hat Charlotte auch gesagt.«

»Nein«, wiederhole ich, diesmal lauter.

»Doch«, erklärt Mama.

»Nein!«

»Aber du hast das nicht zu entscheiden«, sagt sie nun. »Wir gehen dahin, und dann wirst du ja sehen …«

Als sie das sagt, ist es, als ob es in mir einen Kurzschluss gäbe. Der ganze Tag bestand aus einer langen Reihe von Gesprächen über mich, bei denen niemand mir überhaupt zugehört hat. Und ich weiß nur, dass das hier etwas ist, das sie eben nicht entscheiden darf.

»Nein«, sage ich noch einmal. Und als sie schon den Mund aufmachen und widersprechen will, öffne ich meinen Sicherheitsgurt, packe den Türgriff und springe aus dem Auto. In dem Moment schaltet die Ampel auf Grün, und hinter mir hupt alles los.

»Was machst du denn da!«, ruft Mama.

Aber ich renne nur über die Straße und auf den Bürgersteig zu. Ein Auto muss mit kreischenden Bremsen halten, aber mir ist das egal.

Ich erreiche den Bürgersteig und renne weg … ich verschwinde in einer Seitenstraße und verstecke mich in einem Eingang. Mama fährt mehrmals vorbei, sieht mich aber nicht.

Ich lasse mich auf die Treppe sinken. Ich weiß nicht, ob

ich schreien oder weinen soll. Na gut, vielleicht hab ich eben zu sehr die Drama-Queen gespielt. Aber ich kann einfach nicht mehr. Ich hab es zum Kotzen satt, dass niemand mehr mit mir redet. Sie reden mit Mama, mit Charlotte über mich, aber nicht mit mir. Und beim Workshop wäre es genauso. Ich kann ja selbst nicht sprechen, also muss Mama das für mich tun, und obwohl sie sich Mühe gibt, kann sie keine Gedanken lesen. Über meine Gefühle wird sie niemals richtig sprechen können …

Das Telefon vibriert in meiner Tasche.

»Mama«, blinkt das Display.

Ich drücke den Anruf weg. Sie versucht es noch dreimal, dann kommt eine SMS, die mitteilt, dass sie eine Nachricht hinterlassen hat.

Gleich darauf ruft Alma an. Ich spiele kurz mit dem Gedanken, diesen Anruf anzunehmen, aber ich lasse es dann doch. Schließlich hat Mama sie dazu überredet, und Alma will mich dazu bringen, Mama zurückzurufen.

Endlich ist es dann still.

Ich stehe auf und verlasse den Eingang und fühle mich plötzlich total elend. Was hilft es denn, wegzulaufen, wenn es keinen Ort gibt, wohin ich laufen könnte?

Vor allem möchte ich ins Sommerhaus von Anna aus meiner Klasse fahren, wo wir damals das Fest hatten. Um am Beckenrand zu stehen und ins Wasser zu schauen und an alles zu denken, was ich an jenem Abend verloren habe …

KAPITEL 4

WORKSHOP

Alma schüttelte Mama wach, und als Mama sah, dass ich bei Bewusstsein war, fing sie vor Freude an zu weinen, noch ehe Alma irgendetwas sagen konnte. Mama küsste mich und umarmte mich und sagte ganz viel, aber ich verstand kein Wort.

»Bah, bah, bah …«, versuchte ich es wieder und konnte sehen, wie Mama die Stirn runzelte, während Alma immer lauter schluchzte.

Mama stand auf und ging aus dem Zimmer. Alma blieb bei mir sitzen, und jedes Mal, wenn ich »Bah« sagte, konnte ich sehen, wie die Erleichterung darüber, dass ich noch lebte, sich in Angst verwandelte, ich könnte den Verstand verloren haben.

Dann kam Mama mit mehreren Personen zurück. Ärzte? Krankenschwestern? Ich wusste es nicht. Ich sah nur weiße Kittel und hörte noch mehr Stimmen, die ich nicht verstand. Und ich fragte, oder versuchte zu fragen, aber es kam nur Unsinn dabei heraus. Die anderen redeten immer weiter. Ich konnte sehen, dass sie versuchten, mich zu beruhigen. Aber ich fing nur an zu schreien. Zu schreien, weil ich nichts verstand und nichts sagen konnte und in meinem ganzen Leben noch nie so große Angst gehabt hatte. Meine Mutter packte meine Hand und drückte sie, aber ich schrie einfach nur weiter. Eine Ärztin legte Mama einen Arm um die Schultern, dann schickte sie Mama und Alma aus dem Zimmer. Doch da schrie ich nur noch mehr. Die Ärztin fing meinen Blick ein. Sie bildete langsam und deutlich Wörter, aber ich verstand nichts. Dann zog sie eine Nadel hervor und spritzte etwas in meinen Tropf, das mich einschlafen ließ.

Ich bin wieder zu Hause. Natürlich bin ich zu Hause. Meine Freiheit dauerte nur zweieinhalb Stunden, dann fing es an zu regnen, und ich wusste, dass ich in keinem Café auf trockenes Wetter warten dürfte, weil ich nichts zu trinken bestellen könnte, ohne Wortgewirr zu produzieren.

Also ging ich nach Hause und seither ist alles nur Chaos. Mama hat beschlossen, dass mein »Auftritt« eine Folge einer »Depression« und möglicherweise auch von »Selbstmordgedanken« sei. Das ist meiner Ansicht nach eine reichlich übertriebene Schlussfolgerung. Ich bin schließlich nicht vor ein Auto gelaufen, ich bin losgerannt, und dann kam ein Auto. Das ist etwas ganz anderes!

Sie baut ihre Schlussfolgerung auf einem einzigen Zwischenfall auf und will mich wieder zum Psychologen schleifen. Ich sage Nein. Dann sagt sie, entweder ginge ich dorthin oder ich müsse mit zum Workshop kommen. Ich versuche, wieder Nein zu sagen, aber Mama bleibt hart. Ich muss mich entscheiden. Am Ende gebe ich auf und entscheide mich für den Workshop. Der dauert wenigstens nur einen Tag.

Auf der ganzen Fahrt zum Workshop schielt Mama dauernd zu mir herüber, als ob sie Angst hat, ich könnte abermals weglaufen. Aber ich kenne meine Mutter. Wenn Fluchtversuch 1 einen Besuch beim Psychologen plus Depression bedeutet, dann wird Fluchtversuch 2 nur noch mehr Mist produzieren. Vielleicht Medikamente oder die geschlossene Abteilung samt Zwangsjacke.

Der Workshop findet in einem Kellerraum statt. Die Tische sind zu kleinen Inseln zusammengeschoben und auf der Fensterbank liegen Broschüren über alles von Healingmassage bis zu privater Pflege zu Hause.

Wir sind die Ersten. Mama setzt sich auf einen Stuhl und ich folge ihrem Beispiel. Wir sitzen zehn Minuten lang schweigend da, dann öffnet sich die Tür mit einem Quietschen. Eine Frau in Mamas Alter betritt den Raum. Sie nickt uns zu, und Mama erwidert dieses Nicken auf eine Weise, wie sie nur unter Leidensgenossinnen möglich ist.

Die Frau kommt zusammen mit einem Jungen in meinem Alter. Er ist groß und schlank und hat kurze, zerzauste schwarze Haare. Ich weiß sofort, dass auch er einen Gehirnschaden hat. Nicht, weil man ihm das ansehen könnte. Er hat keine Lähmungen im Gesicht oder einen auffälligen Tick. Es ist sein Blick. Darin liegt dieselbe Mischung aus Frustration und Ohnmacht wie in meinem. Der Blick von jemandem, der aus einem Menschen in einen Patienten umgeformt wird.

Unsere Blicke begegnen sich.

»Hallo«, sagt er. Und ich merke, wie ich innerlich zusammenzucke.

»Hallo«, sage ich. Meine Stimme zittert. Obwohl ich weiß, dass wir alle hier sind, um besser sprechen zu lernen, und dass ich deshalb nicht nervös zu sein brauche, habe ich doch Angst, hier heute Abend die zu sein, die versagt. Und dass alles nur bestätigen wird, was ich für ein total hoffnungsloser Fall bin.

»Guten Tag«, sagt Mama und streckt der Mutter des Jungen die Hand hin. »Ich heiße Ursula. Ich bin Vegas Mutter.« Sie drückt ganz kurz meine Schulter.

»Lisbeth … Ich bin Theos Mutter«, sagt die Frau.

Ich sehe nur Theo an. Er öffnet den Mund, wie um mehr zu sagen, aber dann wird die Tür aufgerissen und es kommen noch andere herein. Die meisten sind im gleichen Alter wie Theo und ich. Einige sind sogar jünger. Ein Junge in einem Rollstuhl sieht nicht aus, als ob er älter als dreizehn sein könnte.

Alle verteilen sich an den kleinen Tischen, und dann erscheint eine ältere Frau mit einem großen Ordner. Sie räuspert sich.»Willkommen hier bei uns. Ich bin Hanne. Ich freue mich, heute so viele hier zu sehen.«

Etwas an der Art, wie sie spricht, sagt mir, dass sie eine Sonnenscheingeschichte ist. Eine wie ich, die es geschafft hat und jetzt wieder normal funktioniert. Was sie verrät, sind die kleinen Pausen zwischen den Wörtern, die nicht ganz gleichmäßig sind, sondern ein wenig abgehackt.

Alle kennen die Situation, nicht sofort das richtige Wort zu finden. Aber bei mir ist es die ganze Zeit so, als ob ich in einem Labyrinth aus Wörtern suche und dauernd falsch gehe, sodass ein anderes Wort herausrutscht. Durch das Training müsste es besser werden, aber egal wie sehr man trainiert, es wird nie wieder ganz so wie früher. Es wird immer den zusätzlichen Moment geben, den das Gehirn braucht, um das Wort herauszugraben.

»Bevor wir anfangen, schlage ich eine Vorstellungsrunde vor. Heute gebe ich euch nur einige gute Ratschläge und Tipps. Ich hoffe auch, dass ihr euer eigenes Netzwerk aufbauen und vielleicht kleine Selbsthilfegruppen in Privatregie gründen könnt.«

Einige Eltern nicken eifrig. Mama besonders.

»Na gut«, sagt Hanne. »Dann finde ich, wir sollten eine Runde machen, bei der die jungen Leute sich so gut wie sie können vorstellen. Erst mal sind die Jungen an der Reihe, zu den Eltern kommen wir dann später noch.« Sie sagt das mit einem strahlenden Lächeln. Aber ob ich will oder nicht, ich komme mir vor wie in den Kindergarten zurückversetzt.

Dann beginnt die Vorstellungsrunde und schon hier werden wir in zwei Gruppen eingeteilt. Die, die noch immer ihren Namen sagen können, und die, bei denen eher nur ein schlürfendes, gurgelndes Geräusch kommt, wie bei jemandem, der gleichzeitig Popcorn isst und Limo trinkt.

Theo ist an der Reihe.

»Ich heiße Theo«, sagt er. Den Satz schafft er perfekt.

Kein Zögern oder Stottern. Wenn er nicht hier säße, würde ich bei ihm jetzt keinen Gehirnschaden vermuten.

Aber nun bin ich dran.

»Vega«, sage ich nur. Ich habe wirklich keine Lust zu dem Versuch, Theos Kunststück nachzuahmen.

Die Vorstellungsrunde geht weiter und dann kommen unsere Eltern an die Reihe. Sie erzählen, was uns fehlt und wie es uns mit der Krankheit geht. Wir anderen scheinen alle ein bisschen zu schrumpfen, wenn unsere Eltern das Wort ergreifen.

»Es ist passiert, als Linda zur Impfauffrischung war«, berichtet ein Vater. Seine Augen sind blank, also kann ich mir denken, dass es erst vor Kurzem passiert ist. »Sie hatte eine allergische Reaktion. Wir kämpfen die ganze Zeit mit der ganz normalen Alltagssprache«, fügt er hinzu. »Namen von Gegenständen, von Personen, wie man sagt, dass man zur Toilette muss, solche Dinge.« Linda war in der ersten Gruppe, bei denen, die nicht einmal ihren Namen sagen konnten.

Der Junge im Rollstuhl heißt Victor. Bei ihm ist nicht nur das Sprachzentrum betroffen, sondern er ist auch halbseitig gelähmt. Und nun geht es wieder um Theo.

»Theodor war Wettkampftaucher«, sagt seine Mutter. »Und beim Freitauchen hat er einem Krampf bekommen und das Bewusstsein verloren.«

Wettkampftaucher? Ich sehe ihn mir genauer an. Jetzt, da ich es weiß, kann ich es auch sehen. Er hat solche langen und schlanken Muskeln, wie man sie vom Schwimmen bekommt. Johan dagegen hat eher kleine harte Kugeln, weil er nur im Fitnessstudio an Geräten trainiert.

Nun bin ich an der Reihe und Mama berichtet.

»Bei Vega ist es vor vier Monaten passiert. Auf einem Fest. Sie ist gestolpert und in ein Schwimmbecken gefallen und mit dem Kopf aufgeschlagen. Sie ist ertrunken und musste wiederbelebt werden. Erst danach wurde festgestellt, dass ihre Pupillen nicht dieselbe Größe besaßen, dass sie eine Gehirnblutung hatte …«

Theo fängt meinen Blick ein, und ich weiß, dass er dasselbe denkt wie ich, dass wir beide fast ertrunken sind und dass uns das auf irgendeine Weise verbindet.

»Vega hat Probleme mit …«

Ich reiße mich von Theos Blick los und starre den Boden an. Es ist überraschend, wie viele Grautöne man in einer Linoleumschicht unterbringen kann.

Mamas Worte strömen über mich hinweg und sie redet und redet. Redet länger als alle anderen. Und als ich schon glaube, dass es nicht mehr schlimmer werden kann, lässt sie die Bombe aus Einsamkeit und Depression hochgehen …

Als sie endlich fertig ist, fühle ich mich wie ausgedörrt, wie eine Pflanze, die zu lange ohne Wasser auf der Fensterbank gestanden hat.

Wir machen weiter. Helene. Autounfall. Jesper. Angeboren. Die Eltern der beiden reden kurz und schnell.

Dann erzählt Hanne, dass sie ein Blutgerinnsel im Gehirn hatte (ich hatte richtig geraten) und dass sie vollständig wiederhergestellt ist. Woraufhin Mama und die anderen Eltern strahlen.

Danach beginnt Hanne mit einem langen Powerpoint-Vortrag über das Gehirn und unterschiedliche Formen der Aphasie. Wenn man nicht die richtigen Wörter finden kann, hat man die *expressive* Variante. Die habe ich. Die, bei der Unsinn aus dem Mund kommt. Dann gibt es noch die *impressive,* bei der man nicht versteht, was gesagt wird. Manche haben eine Variante, andere beide, und dann gibt es noch unterschiedliche Grade. Noch einmal sage ich mir, dass es noch schlimmer sein könnte. Was, wenn ich nun die impressive Form hätte! In gewisser Weise hatte ich sie ja, als ich gerade zu mir gekommen war. Damals hatte ich den Eindruck, dass alles, was die anderen sagten, sich in einen schlammigen Wortstrom verwandelte. Wenn ich darin gefangen wäre, dann weiß ich nicht, was ich tun würde.

Hanne zeigt ein Bild nach dem anderen und erzählt, dass alles seine Zeit brauche, dass Übung den Meister mache, und liefert noch eine Menge anderer Klischees.

Mama ist hin und weg. Ich bin nur hin und weg von Theo. Oder genauer gesagt von dem prickelnden Gefühl, dass er mich ansieht. Ich weiß nicht, ob ich mir das einbilde, aber sein Blick scheint irgendwie zu flirten. Und wenn das stimmt, dann weiß ich nicht, ob es gut oder seltsam ist, dass Mamas Gerede von Depression ihn nicht abgeschreckt hat.

Kaum habe ich das gedacht, da taucht Johan in meinem Gedankenstrom auf, und schon habe ich ein schlechtes Gewissen. Ich darf mir absolut nicht den Kopf darüber zerbrechen, ob Theo abgeschreckt ist oder nicht.

Anschließend findet Gruppenarbeit statt. Die Eltern sollen sich in Zweiergruppen zusammensetzen und wir jungen Leute auch. Die Eltern werden hinausgeschickt, während wir sitzen bleiben und einander anstarren. Gruppenarbeit. Was denkt die Frau sich denn bloß? Echt, die Hälfte von uns bringt doch nur Schlürfgeräusche heraus.

Theo steht auf und kommt zu mir herüber. »Sollen wir?«, signalisiert er mit der Hand.

Ich nicke.

Wir setzen uns an einen Tisch für uns allein, während auch die anderen sich zu Paaren zusammenfinden.

Dann kommt Hanne zurück.

»Versucht, über eure Gefühle zu sprechen«, sagt sie. »Es ist wichtig, in Worte zu fassen, wie es euch geht.«

Theo verdreht die Augen und ich mache ihm das nach. Gefühle. Darüber konnte ich ja vor der Gehirnblutung eigentlich auch nicht reden.

»Ich habe euch Karten mitgebracht. Die werden euch beim Kommunizieren helfen und ihr könnt sie danach mit nach Hause nehmen.«

Sie verteilt die Kartensets.

Ich blättere meine durch. Sie stellen Smileys dar, die lächeln, weinen, lachen und eine Menge anderer Dinge tun.

»Als Erstes sollt ihr euch gegenseitig fragen, wie es euch gerade hier und jetzt geht. Versucht, eine Karte zu finden, die eure Gefühle einigermaßen beschreibt. Und die, die ein wenig sprechen können, versuchen bitte, das auszudrücken. Da liegen auch Papier und Filzstifte, ihr könnt also zeichnen, wenn euch das leichter fällt.«

Sie schaut sich in der Runde um, um sich davon zu überzeugen, dass wir die Aufgabe verstanden haben.

Theo und ich starren einander an. Wetteifern im Standhalten. Dann zuckt er mit den Schultern, um zu zeigen, dass er sich geschlagen gibt, um dann in seinen Karten zu wühlen. Er sucht sich einen gähnenden Smiley aus.

Ich lache.

»Du?«, fragt er und zeigt auf mich.

Ich gehe meine Karten durch. Die leichteste Lösung wäre, die gleiche zu nehmen wie Theo, aber das will ich nicht. Ich möchte ihm doch zeigen, dass ich mehr kann, als einen Witz nachzuahmen. Alle Karten kommen mir richtig und verkehrt zugleich vor.

Wie ist mir gerade heute zumute …? Ich höre plötzlich mit Blättern auf. Der Smiley sieht total verwirrt aus, oder verrückt. Beides passt.

Ich halte ihn hoch.

Er sieht ihn sich genau an.

»Warum?«, fragt er. Er mustert mich forschend. Seine Augen sind hellblau und bilden einen starken Kontrast zu den schwarzen Haaren.

»Traum«, sage ich und zeige mit beiden Händen, wie

ich geschlafen habe. Obwohl ich versucht habe, den Traum zu vergessen, spukt er mir die ganze Zeit im Hinterkopf herum.

»Was?«, fragt er.

Ich schüttele den Kopf. Wie soll ich das erklären? Wie soll ich sagen, dass ich vielleicht nicht ausgerutscht, sondern gestoßen worden bin?

Er streckt die Hand aus und tippt die Karte mit dem Finger an, dann zeigt er auf sich.

»Ich auch.«

»Warum?«, frage ich.

Er runzelt die Stirn. Sucht weiter und legt mehrere Karten zwischen uns auf den Tisch. Bildet eine kleine Gruppe aus Smileys, dann nimmt er die Karte mit dem verrückten Smiley und legt sie ein Stück von den anderen entfernt.

Ich nicke. Außen vor. Einsam.

»Wie läuft es denn hier?« Hanne kommt zu uns und setzt sich an unseren Tisch.

»Gut«, sage ich.

»Und wie geht es euch?«

Wir wechseln einen Blick und fischen dann beide den fröhlichen Smiley heraus.

»Das ist schön«, sagt Hanne, sieht aber nicht aus, als ob sie uns das glaubt. »Wenn ihr an die vergangene Woche denkt, habt ihr dann auch anders empfunden? Ich weiß, es kann wahnsinnig schwer sein, über diese Dinge zu reden, aber versucht doch mal, ein wenig tiefer zu tauchen.«

»Tjaaaa«, sagt Theo. Dann ist aus der Gruppe hinter uns

ein Schluchzen zu hören. Offenbar ist da jemand ziemlich tief getaucht. Hanne läuft hinüber.

»Traum«, sagt Theo und schiebt mir ein Blatt Papier hin. »Traum zeichnen.«

Ich schüttele den Kopf.

»Doch, zeichnen«, sagt er und obwohl es wie ein Befehl klingt, kommt es mir nicht so vor. Ich weiß ja, wie das ist. Die Befehlsform ist am einfachsten.

Ich nehme den schwarzen Filzstift. Zeichne ein Viereck.

»Wasser«, sage ich, und er nickt.

Dann zeichne ich daneben eine Strichfigur.

»Ich«, sage ich.

Ich zeichne dahinter noch eine Strichfigur. Mache die Arme länger, sodass sie mich erreichen. Und dann zeichne ich einen Pfeil, der zeigt, wie ich ins Becken falle.

Er runzelt die Stirn. Ich kann in seinem Gesicht tausend Fragen sehen, aber er kann sie nicht stellen und ich kann sie nicht beantworten.

»Warum?«, fragt er nur. Und ich weiß nicht, ob er fragt, warum ich solche Dinge träume, oder, warum jemand mich ins Becken stoßen sollte.

Ich zucke mit den Schultern. Dann schaue ich die Karten an, die noch immer auf dem Tisch liegen. Ich zeige auf den Smiley, der ganz am Rand liegt. Einsam ist.

»Warum?«, frage ich.

Er greift nach dem Block.

Zeichnet zwei Personen. Hand in Hand, dazu ein Herz. Als Nächstes streicht er die eine mit einem Kreuz durch.

Ich nicke. Er ist verlassen worden. Ich sehe ihn an, zeige auf das Mädchen und schließlich auf die Karte.

»Verrückt«, sage ich.

Er lacht. Dann beginnt er eine neue Zeichnung. Darauf sind zwei Personen zu sehen, die nebeneinanderstehen. Er zeigt zuerst auf diese Zeichnung und dann auf die andere, wo sie sich getrennt haben, und dann auf mich. Er will wissen, ob ich einen Freund habe …

Ich würde gern lügen und Nein sagen. Denn es gefällt mir, wie er mich ansieht, und ich denke an Johan, der fast nie mehr anruft.

Theo blickt mich abwartend an. Dann zeigt er wieder auf mich und die beiden Zeichnungen. Es wäre leicht, zu lügen oder, noch besser, so zu tun, als hätte ich die Frage nicht verstanden. Dennoch zeige ich auf die Zeichnung mit dem Paar. Das bin ich Johan schuldig. Wenn er bei diesem ganzen Dreck bei mir bleibt, ist das Mindeste, was ich tun kann, ihm treu zu sein.

Theos Augen verlieren ein wenig von ihrem Funkeln. Ich finde das schrecklich und mache den Mund auf und würde gern etwas sagen, aber ich weiß nicht, ob es irgendein Wort gibt, das sagen kann, was ich sagen will. Also sehen wir einander nur an, und die Luft ballt sich zusammen zu einem großen »Was, wenn?«.

Kurz danach kommen die Eltern zurück. Und Hanne fängt mit einer weiteren Powerpoint-Präsentation an. Diesmal mit Übungen, die wir zu Hause machen können. Danach ist abermals Gruppenarbeit angesagt.

Mein Blick sucht Theos, aber diesmal dürfen wir nicht selbst entscheiden.

Ich komme in Lindas Gruppe. Sie ist die mit der Impfung. Sie kann überhaupt nichts sagen. Ich versuche, ihren Blick einzufangen, aber sie weicht mir aus und ist unsicher.

Sie sieht aus wie eine, die in einen tiefen Brunnen gefallen ist und alle Hoffnung aufgegeben hat, jemals wieder herauszukommen. Bei diesem Gedanken läuft es mir eiskalt den Rücken hinunter. Das hätte auch ich sein können. Ich hätte meine Gedanken zusammen mit meinen Wörtern verlieren können …

Am Ende des Workshops verteilt Hanne ein Blatt Papier mit unseren Kontaktinformationen und fordert uns alle noch einmal auf, Selbsthilfegruppen zu bilden.

Jetzt steht Mama auf.

»Das heute hat mir wirklich viel gebracht. Und ich würde euch alle sehr gern wiedersehen«, sagt sie.

Die anderen nicken und damit wird Mama zur Koordinatorin gewählt. Und obwohl ich die Vorstellung gar nicht so toll finde, dass sie eine Menge Treffen arrangieren wird, habe ich auf diese Weise doch immerhin die Möglichkeit, Theo wiederzusehen.

KAPITEL 5

SCHAUSPIEL

Als ich das nächste Mal zu mir kam, war das Zimmer leer. Ich merkte, dass ich auf die Toilette musste, ich wollte aufstehen, aber als ich meinen rechten Arm heben wollte, stimmte etwas nicht. Er war ganz steif und ich konnte ihn fast nicht bewegen.

Es kam mir vor wie ein endloser Albtraum, und ich schrie wieder, weil das das Einzige war, was ich konnte.

Eine Krankenschwester kam angerannt. Ich stieß mit der linken Hand meinen rechten Arm an, aber der gehorchte noch immer nicht. Dann entdeckte ich, dass das auch für mein rechtes Bein galt. Anfangs reagierte es überhaupt nicht. Dann konnte ich das Bein langsam ausstrecken. Es war ganz steif, als ob sich alle Muskeln gegen mich verschworen hätten.

Die Krankenschwester setzte sich neben mich und fing meinen Blick ein. Sie sprach langsam und lange. Wiederholte alles immer wieder. Und endlich lösten sich zwei Wörter aus dem Wörterchaos: Kopf angeschlagen.

»Siehst du, es war doch gut, dass wir dahin gegangen sind«, sagt Mama zum fünften Mal, als wir vom Workshop nach Hause fahren.

Es scheint ihr wirklich geholfen zu haben, dass sie mit

den anderen Eltern reden konnte. Und sie hat für die nächste Woche schon zwei Verabredungen zum Kaffee koordiniert.

»Es wäre auch gut, ein paar Treffen mit allen zustande zu bringen«, sagt sie dann.

Ich antworte nur mit Schweigen.

»Ich glaube wirklich, dass das der richtige Weg ist, Vega«, sagt sie bald darauf. »Wir dürfen uns von den Ergebnissen einfach nicht entmutigen lassen.«

Ich nicke. Der Workshop war nicht so schrecklich, wie ich befürchtet hatte, und Leute zu sehen, die nur grunzen und sabbern können, hat mich darin erinnert, dass ich nicht in einen Sumpf aus Selbstmitleid fallen darf.

»Hast du mit jemandem gesprochen?« Mama legt einen anderen Gang ein, im Auto und im Gespräch.

»Mhm«, sage ich nur, während ich an das Funkeln denke, das in Theos Blick erloschen ist, als ich die Zeichnung mit dem Paar ausgesucht habe. Obwohl es nur ein winzig kleiner Funken von der »Das hier kann vielleicht etwas werden«-Sorte war, hat er mich total angesteckt. Vor allem, weil sich Johan in letzter Zeit immer weniger sehen lässt. Er hat am Tag der Einstufung eine Nachricht geschrieben. Aber ich konnte ja nicht antworten, und ich habe es nicht über mich gebracht, anzurufen und mich an einer Erklärung zu versuchen, deshalb habe ich nicht geantwortet. Und er hat auch nicht angerufen. Seit dieser Mitteilung ist nur Schweigen.

Dann kommt das Wochenende und am Samstagmorgen werde ich von Alma geweckt.

»Aufstehen, Vega! Jetzt ziehen wir los und genießen die Sonne!«, sagt sie.

»Müde«, sage ich und gähne.

»Komm schon, es ist fast zehn! Und das ist für dieses Jahr vielleicht der letzte richtige Sonnentag.«

Ich sehe sie fragend an. Seit wann ist sie eine Frühaufsteherin?

Aber Alma lässt nicht locker, und am Ende gebe ich mich geschlagen, weil es eigentlich schön ist, dass sie unbedingt etwas mit mir unternehmen will und nicht weil Mama das verlangt.

Sie nervt weiter herum, bis ich angezogen bin. Dann will ich in die Küche gehen, aber sie reicht mir meine Jacke.

»Wir kaufen uns unterwegs etwas.«

»Aber …«

»Komm schon«, sagt sie und hakt sich bei mir unter. Sie zieht mich die Treppe hinunter.

Unterwegs spüre ich, dass mein Bein immer noch ein wenig steif ist. Das passiert ab und zu. Aber es ist nicht wie nach dem Unfall, als es mir ja einfach nicht mehr gehorchen wollte. Das gilt auch für meine Hand. Damals war meine ganze rechte Körperhälfte betroffen, aber Arme und Beine sind leichter wiederherzustellen als mein Gehirn.

Alma kauft vier Croissants und zwei Caffè Latte. Sie bezahlt mit einem Zweihundert-Kronen-Schein.

»Den hat Mama mir gegeben«, sagt sie und winkt ab, als ich mich an meinem eigenen Geldbeutel zu schaffen mache. Dann gehen wir weiter zum Park, während ich darüber nachdenke, was sie gerade gesagt hat. Mama hat ihr Geld gegeben, also ist das doch wieder einer von Mamas Versuchen, mich aus dem Haus zu scheuchen. Damit hat sie nach einem der ersten Vorträge über Gehirnschäden angefangen, die sie besucht hat. Es sei wichtig, dass ich etwas unternehme und mich nicht isoliere. Dann hat sie einen Wochenplan aufgestellt, der dafür sorgen sollte, dass ich *Ablenkung* habe, und immer wenn Mama ein Interview oder eine dringende Besprechung hatte, musste Alma einspringen.

Als wir den Park fast erreicht haben, bleibt Alma vor einem Werbeplakat für das Musical »Phantom der Oper« stehen.

»Du?«, frage ich und zeige auf die Frau, die die Christine spielt.

»Eines Tages vielleicht«, sagt Alma. »Aber ich hab mehr Lust auf ›Chicago‹.«

Alma wollte immer schon gern auftreten, und im letzten Jahr hat sie entschieden, dass sie nicht zum Film gehen wird, sondern zum Theater. Das sei authentischer. Alma steht total auf authentisch.

»Auf der Bühne gibt es nur uns und das Publikum«, hat sie einmal gesagt. »Am Filmset hat man keinen Kontakt zum Publikum, da gibt es nur eine Menge Kameraleute und Stylistinnen.«

»Aber dafür braucht ihr dreimal so viel Make-up«, sagte ich, und sie stieß mich mit dem Fuß an. Das war zwei Monate vor meinem Unfall.

Wir gehen weiter durch den Park. Alma breitet die Decke aus und wir sitzen ganz eng nebeneinander.

»Sonnenschein, Kaffee und Croissants im Park, viel besser kann es eigentlich nicht werden«, sagt sie.

Ich nicke nur.

Und während die Septembersonne unsere Haut wärmt, legt sich das Schweigen um uns. Almas Blick sucht immer weiter, als ob ihr jetzt erst eingefallen sei, dass lockere Plaudereien uns nie besonders gelegen haben. Vor dem Unfall haben wir eigentlich nur selten miteinander geredet, weil wir in ewigem Krieg miteinander lagen. Als kleine Kinder waren wir fast unzertrennlich, aber im Laufe der Jahre sind wir dann auseinandergeglitten.

Und nach dem Unfall ... jetzt ist es meistens sie, die etwas über ihr Leben mitteilt, und ich nicke und lächele.

»Lucas?«, frage ich in dem Versuch, sie zum Reden zu bringen. Die Idee mit dem Frühstückspicknick ist wirklich reizend, und wenn wir uns Mühe geben, kann es vielleicht klappen. Seit dem Unfall läuft es zwischen uns jedenfalls viel besser, und das nicht nur, weil ich ihr nicht widersprechen kann. Alma tut einfach ihr Bestes.

»Das ist vorbei«, sagt sie nur und wickelt sich einen Grashalm um den Finger.

»Wann?«, frage ich. Lucas war Almas Freund. Ich wusste allerdings, dass es in letzter Zeit nicht mehr so richtig lief. Sie haben sich heftig gestritten, aber bisher haben sie noch jeden Streit überstanden.

»Das ist zwei Wochen her«, sagt sie. Und ich verspüre einen Stich von schlechtem Gewissen, weil ich nichts bemerkt habe. Ich war so damit beschäftigt, Johan im Auge zu behalten und darüber zu grübeln, wie selten er mich besucht oder anruft, dass mir bei Alma und Lucas einfach nichts aufgefallen ist. Ich habe nicht einmal entdeckt, dass sie seinen Ring nicht mehr trägt.

»Warum?«, frage ich.

Sie wendet sich nur wortlos ab. Ich strecke die Hand aus und lege sie auf ihre, aber das kommt uns beiden verkehrt vor, und sie schüttelt meine Hand ab.

Alma hat immer alles gehasst, was ihr das Gefühl geben konnte, eine kleine Schwester zu sein. Schon mit elf Jahren wurde sie für die ältere gehalten und das fand sie wunderbar. Seither hat sie immer alles getan, um so weit zu sein wie ich oder mich sogar zu überholen. Wir haben uns deshalb immer gestritten, weil sie meine Kleider geklaut oder sich bei Festen meiner Klassenstufe eingeschlichen hat, was nur furchtbar peinlich war, wenn sie dann mit einem Jungen aus meiner Parallelklasse knutschte.

Ich denke an Lucas. Die beiden schienen doch gut zueinanderzupassen. Er wollte Musiker werden und teilte Almas Glauben, dass alles möglich ist, wenn man es nur fest genug will.

Sie waren fast ein Jahr zusammen. Und in Almas Welt ist das lange. Sie hat ihre Freunde sonst alle zwei Monate ausgewechselt.

Wir lassen uns eine Stunde lang schweigend von der Sonne bescheinen. Ich sehe Alma ab und zu an. Möchte gern irgendetwas über die Sache mit Lucas sagen, aber selbst wenn ich die Wörter bilden könnte, würde ich trotzdem nicht so recht wissen, was ich sagen sollte.

Als wir wieder zu Hause sind, begreife ich, warum Alma mich so dringend aus dem Haus schaffen wollte. Es war ein Ablenkungsmanöver. Denn zu Hause wartet Johan. In seinem Blick liegt ein Rest Trauer, und ich weiß, dass Mama meine Abwesenheit ausgenutzt hat, um ihm von dem Einstufungsgespräch, meinen angeblichen Selbstmordgedanken und dem Workshop zu erzählen.

»Johan war gerade in der Nähe«, sagt Mama mit einem krampfhaften Lächeln, als ob sie nicht längst wüsste, dass ich sie durchschaut habe.

Alma verschwindet in ihrem Zimmer, und Johan gibt mir einen oberflächlichen, fast onkelhaften Kuss, der alles noch unangenehmer macht. Und dieses unangenehme Gefühl verfolgt mich den ganzen Tag.

Johan hat keine Worte mehr. Und dabei hatte ich mich in seine Beredsamkeit verliebt. Eines Tages wird er Politiker. Da bin ich mir sicher. Er wird einige Jahre in der Politik sein, mit Leidenschaft für seine Sache kämpfen, und an dem Tag, an dem er entdeckt, dass man nicht alle besiegen kann, egal, was man für vernünftige Argumente hat, wird er aufgeben.

Während ich seinen Mund anstarre, der noch immer ganz stumm ist, muss ich daran denken, dass diese Lippen mir Leben eingehaucht haben, als er mich aus dem Becken gerissen hat. Diese Hände haben so hart auf meine Brust gehämmert, dass ich mir zwei Rippen gebrochen habe.

Er hat alles getan, um mich zu retten, und jetzt … jetzt habe ich manchmal das Gefühl, es wäre besser für ihn, wenn ich nicht überlebt hätte. Dieses Gefühl ist so stark, dass es mein Inneres überflutet, und ich kann es nur verjagen, wenn Johan ganz dicht bei mir ist.

Deshalb küsse ich ihn. Und aus Küssen werden Liebkosungen. Und obwohl ich gar keine Lust auf Sex habe, lasse ich mich von ihm von hinten vögeln. Denn bei jedem Stoß denke ich daran, wie er damals mein Herz in Gang gepumpt hat.

Als er geht, rolle ich mich auf dem Bett zusammen und habe Tränen in den Augen.

KAPITEL 6

ABWEISUNG

Als die Worte der Krankenschwestern plötzlich einen Sinn ergaben, wurde ich ruhiger und hatte zugleich Angst. Sie wussten, dass etwas nicht stimmte. Sie gaben sich alle Mühe, mir zu helfen. Aber zugleich hämmerte mein Herz wie wild. Den Kopf angeschlagen ... Was, wenn ich nie wieder normal werde? Was, wenn ich für immer so gefangen bin?

Später an diesem Tag waren Mama und Alma wieder da. Mein Vater war auch gekommen. Er hatte meinetwegen seine geliebten Sterne verlassen. Als er sich über mich beugte und mich an sich drückte, konnte ich in seinen Haaren noch immer kleine Sandkörner aus der Wüste sehen.

Ich musste weinen, als ich Papa sah. Nicht vor Freude, sondern vor Angst. Man fliegt nicht um den halben Erdball, wenn die Lage nicht ernst ist. Er glaubte, ich müsse sterben. Das glaubten sie alle.

Und der Ernst war immer da. Er lag wie ein dünner Film über ihren Wörtern, die meistens zu einem unverständlichen Nebel wurden. Ich konnte daran, wie sie ihre Lippen bewegten, sehen, dass sie sich Mühe gaben. Sie sprachen künstlich langsam. Und es funktionierte. Wie bei der Krankenschwester verstand ich ab und zu etwas.

Den Kopf angeschlagen. Gehirnblutung. Und ein Wort, das ich noch nie gehört hatte: Aphasie.

Ich habe Theo auf Facebook gesucht. Wir haben die Teilnehmerliste des Workshops bekommen, und obwohl die Buchstaben mich noch immer verwirren, konnte ich die auf dem Papier doch mit denen auf der Tastatur vergleichen und mich durch seinen Namen hindurcharbeiten. Also fand ich sein Profil. Es ist nicht gesperrt, deshalb konnte ich auf seiner Facebookseite auf Entdeckungsreise gehen.

Ich bekomme ein seltsames Gefühl, als ich mich durch seine Bilder klicke. Nicht, weil ich schnüffele, sondern weil seine Facebookseite eher wie eine Art Friedhof wirkt. Alle Bilder sind von *vorher*. Dauernd sehe ich ihn im Taucheranzug. Im eng sitzenden Gummianzug, der jeden Muskel an seinem Körper abzeichnet. Er ist von anderen Tauchern umgeben, und es gibt Bilder, die über und unter Wasser aufgenommen worden sind.

Und dann hat er auch einige Bilder von Festen eingestellt. Auch die sind von *vorher*. Das verrät nicht nur das Datum, sondern auch sein Gesicht auf den Bildern. Es ist anders, offener. Als ob die Krankheit auf irgendeine Weise einen düsteren Schleier über ihn gelegt hätte.

Ich suche weiter. Dann finde ich es. Ein Album mit Bildern von ihr. Lange blonde Haare. Dünn und hübsch. Ea heißt sie. Es gibt Bilder von den beiden im Wald, in einem Boot, sogar im Wasser war sie bei ihm. Und ich muss einfach denken, dass er noch immer Gefühle für sie hat, sonst hätte er die Bilder doch gelöscht oder …

Ich denke an meine eigene Facebookseite. Die ist schließlich auch Johan-infiziert. Ich würde lange brauchen, um ihn zu löschen, wenn wir Schluss machten.

Ich klicke mich zu Theos Pinnwand zurück. Gehe die letzten zwei Monate durch. Die sind tot. Es gibt einige Geburtstagsgrüße, und ihm gefallen einige Seiten, aber das ist alles.

Ich gehe rückwärts. Vor einem halben Jahr hat er seinen Status geändert. *Theo Williamsen ist jetzt Single.*

Ein halbes Jahr. So lange ist es her, dass seine Freundin ihn verlassen hat … das ist doppelt so lange, wie Johan darauf wartet, dass ich gesund werde.

Ich gehe noch weiter zurück.

Finde den Zeitpunkt seines Unfalls. Die Pinnwand läuft über vor Mitteilungen wie *Gute Besserung* und *Wir denken an dich.*

Mir wird schlecht, wenn ich daran denke, wie sehr meine Facebookseite seiner ähnelt. Meine ist auch ein Friedhof. Ist auch tot. Ich kehre zu seinem Profilbild von *vorher* zurück.

Ein Lehrer hat einmal zu uns gesagt, dass man im Netz unsterblich sei. Ob das wohl auch umgekehrt gilt: dass man auch in Wirklichkeit tot ist, wenn man im Netz tot ist?

Dann klingelt jemand an der Tür. Ida. Ich habe die Zeit total vergessen. Ich lasse sie herein. Als wir in mein Zimmer kommen, ist Theos Facebookseite noch immer geöffnet.

»Oh, wer ist das denn?«, fragt Ida.

Ich sage nichts. Spüre, dass meine Wangen glühen. Als wäre ich schon ein bisschen untreu gewesen, bloß, weil ich mir Theos Facebookseite angesehen habe.

»Der sieht ja scharf aus«, sagt Ida. »Wer ist das?«

»Workshop«, sage ich.

Ida runzelt die Stirn, und ich will mich schon verteidigen, aber statt mich auszuschimpfen, fragt sie: »Was?«

»Werkzeug«, wiederhole ich.

»Werkzeug?«, fragt sie. »Ist er Handwerker?«

Ich schüttele den Kopf. Als sie es sagt, höre ich es ja auch. Ich hole die Teilnehmerliste und zeige sie ihr.

»Ach so, Workshop …«, sie lächelt.

Ich nicke.

»Und du willst ihn als Freund hinzufügen?«, fragt sie.

Ich nicke eilig, weil ich die Wahrheit nicht sagen kann.

»Da kann ich dir helfen«, sagt sie und betätigt die Maus, und ich kann sie nicht mehr daran hindern, es ist schon geschehen.

»So«, sagt sie lächelnd, und ich muss ebenfalls lächeln. Sie glaubt, sie habe mir geholfen. Sie glaubt, ich sei bei seinem Profil hängen geblieben, weil ich den »Als Freund hinzufügen«-Knopf nicht finden konnte, und das fällt mir ja auch schwer. Die Buchstaben könnten genauso gut Hieroglyphen sein. Aber ich kenne Farben, Form, Platzierung, und Alma hat es mir mehrmals gezeigt.

»Ist er nett, dieser Theo?«, fragt Ida.

Ich nicke.

»Pass auf, dass Johan nicht eifersüchtig wird«, sagt sie.

Ihre Worte treffen mich tief und plötzlich kommen die Tränen.

»Aber Vega!« Sofort steht Ida neben mir und legt den Arm um mich. »Was ist denn los?«

Ich schluchze nur. Plötzlicher Gefühlsausbruch. Das ist ein Symptom, aber im Moment … ja, im Moment ist es nicht nur ein Hinweis auf meine Krankheit. Sondern der Gedanke, dass ich durchaus nicht glaube, Johan könnte eifersüchtig werden. Dass ich eher glaube, dass er erleichtert wäre.

»Was ist denn, Vega?« Idas Stimme zittert, und ich weiß, dass ich etwas sagen muss. Wenn ich einfach weiterflenne, vertreibe ich sie auch noch, und dann habe ich niemanden mehr.

»Johan«, sage ich nur.

»Was ist mit Johan?«

Ich schluchze immer weiter.

»Hat er Schluss gemacht?«, fragt sie.

Ich schüttele den Kopf.

»Was denn?«, fragt sie.

Ich denke an mein gezeichnetes Gespräch mit Johan.

Zeichne ein Herz und streiche es mit einem Kreuz durch.

»Liebst du ihn nicht mehr?«, fragt Ida.

Ich schüttele den Kopf.

»Liebt er dich nicht mehr?«

Ich nicke.

»Ach, Vega.« Sie drückt mich an sich, aber sie widerspricht mir nicht.

Als meine Tränen versiegt sind, fragt sie vorsichtig: »Geht's jetzt wieder?«

Ich nicke müde.

Sie spielt an ihrem Ärmel herum.

»Alles, was passiert ist«, sagt sie. »Das ist so verrückt. Vielleicht kann Johan nur nicht ...«

Sie weiß nicht weiter.

Ich nicke, natürlich kann Johan nicht so leicht damit umgehen. Das geht allen hier so. Nicht nur mein Leben wurde ruiniert, als mein Kopf in Stücke ging.

Ida hat jetzt Tränen in den Augen.

»Es ist so schrecklich«, sagt sie. »Und das alles ist bloß passiert, weil du ausgerutscht bist.«

Ich schüttele den Kopf.

»Nein ...«, sage ich. »Stoßen.« Ich zeige es mit den Händen. Muss es einige Male wiederholen, ehe sie begreift. Dann werden ihre Augen ganz groß.

»Du glaubst doch nicht ...«

»Doch«, sage ich, obwohl ich mir nicht sicher bin. »Traum ...«

»Nein«, sagt sie. »Du bist ausgerutscht, du bist gefallen, das war totales Pech.«

»Nein«, wiederhole ich. »Traum ... stoßen ...« Ich will, dass sie zuhört, damit wir darüber reden können.

»Ach, Vega, ich weiß ja, dass das schwer ist«, sagt sie, »aber es war wirklich nur ein blöder Unfall, und wir können nichts daran ändern.«

»Hör!« Diesmal rufe ich, weil sie einfach nicht zuhört. »Traum … Stoßen …«

Sie schluckt, wendet sich ab, um meinen Blick nicht erwidern zu müssen. Und erst jetzt begreife ich, dass sie nicht geschockt ist, weil ich gestoßen worden bin, sondern weil sie glaubt, ich hätte den Verstand verloren und erfände einfach etwas.

Sie spielt an ihrem Ring herum.

»Ich muss jetzt gehen«, sagt sie dann und steht auf.

»Okay«, flüstere ich.

»Bis bald«, sagt sie nur. Und dann flieht sie fast aus meinem Zimmer.

Danach könnte ich mir selbst auf den Kopf schlagen. Ich hätte nichts sagen dürfen. Ich kann doch selbst hören, wie verrückt es sich anhört, und mein einziger Beweis ist ein Traum.

Und als ob das nicht schon ausgereicht hätte, um mir den Tag zu verderben, beschließt auch noch Mama, einen Auftritt in meinem Zimmer hinzulegen.

»Ida hat angerufen«, sagt sie.

Ich seufze, weil ich ja weiß, was passiert ist. Wann haben sie eigentlich angefangen, sich gegen mich zusammenzurotten?

»Sie sagt, du glaubst, du seist gestoßen worden.«

Ich nicke. Es hätte ja keinen Zweck, das jetzt abzustreiten.

Sie nimmt meine Hand. Presst sie, und ich spüre, wie ihr Trauring in meine Haut schneidet.

»Du hattest eine sehr ernsthafte Gehirnblutung«, sagt sie. »Es gibt viele Dinge, an die du dich nicht erinnern kannst, und die Ärzte sagen, dass du leicht in Verwirrung gerätst.«

Ich schüttele den Kopf, aber nun zieht sie mich nur noch enger an sich. »Du darfst so etwas nicht denken, Liebes«, flüstert sie und ihre Stimme versagt fast. »Ich weiß, du würdest so gern alles ungeschehen machen. Das möchten wir auch, aber es ist nun mal passiert, und niemand trägt daran die Schuld.«

Wir sitzen schweigend dicht nebeneinander. Mir treten Tränen in die Augen. Ihr auch.

»Das verstehst du doch, nicht wahr, Liebes?«

Ich nicke.

»Vielleicht sollten wir doch den Psychologen anrufen?«, fragt sie, aber ich schüttele den Kopf.

»Ich will doch nur dein Bestes«, sagt sie. »Denk dran, mit mir kannst du über alles reden.«

Ich nicke, auch wenn das nicht stimmt.

Pling … auf Facebook läuft eine Mitteilung ein.

Theodor Williamson hat deine Freundschaftsanfrage angenommen. Ich kann den Text nicht lesen, aber ich erkenne sein Bild und kann mir denken, was da steht.

Dann vergeht ein Augenblick, und nun kommt eine Nachricht.

Es ist Theo, der mir schreibt. Oder genauer gesagt, nicht schreibt. Ein Smiley. Der blinkt. Ich starre ihn an. Ich strecke die Finger aus, um zu antworten, aber ich kann das jetzt nicht überblicken. Deshalb logge ich mich einfach aus.

Theo muss warten. Wie der Rest der Welt.

KAPITEL 7

IDAS GEBURTSTAGSFEST

Im Laufe der Tage verstand ich immer mehr. Es war wie ein winziges Loch in einem riesigen schwarzen Tuch, das langsam größer und größer wurde. Jetzt erreichten mich ganze Sätze. Ich konnte Papas Wörter erkennen, als er sagte:

»Gute Besserung, mein Sternchen.«

Und Almas, als sie sagt:

»Du WIRST wieder gesund, Vega. Das WIRST du einfach.«

Und Mama … Mama sagte nur: »Ich habe meine Projekte abgegeben. Ich will jetzt nur bei dir sein.« Dabei streichelte sie meine Wange und machte ein Gesicht, als wäre ich eine Porzellanfigur, die in so viele Stücke zerbrochen war, dass sie unmöglich repariert werden könnte.

Die Nachmittagssonne scheint durch die Fenster und zeigt deutliche Streifen, weil Mama sie nicht gründlich genug geputzt hat. Der blaue Himmel lockt alle hinaus, auch wenn das Thermometer jetzt nachdrücklich Herbst meldet.

Ich halte aus dem Fenster Ausschau nach Mama. Sie ist ganz früh losgegangen, um Interviews zu machen. Sie hat etwas von einer Idee zu einem neuen Projekt erzählt.

Ich sitze auf der Fensterbank und lasse die Füße über den Rand baumeln. Der Wind ist kalt und kitzelt meine Haut. Ich halte mich an der Fensterbank fest und beuge mich ein kleines Stück vor. Ich kann tief unten auf dem Bürgersteig eine Pfütze sehen. Und plötzlich habe ich Lust, loszulassen … durch die Luft zu fliegen. Den wilden Rausch zu verspüren, ehe ich auf den Boden pralle und alles zu Ende ist. Es ist, als ob die Pflastersteine mich riefen.

Aber ich ziehe die Beine hoch und klettere wieder in mein Zimmer.

Die Träume quälen mich noch immer. Und dabei hatte ich doch gerade beschlossen, normal zu sein und nicht mehr daran zu denken oder darüber zu sprechen, dass ich gestoßen worden bin. Ich bin gefallen, ich habe mich verletzt. Schluss, aus. Aber die Träume lassen nicht locker. Sie lassen jeden Abend dieselbe Szene ablaufen und die kommt mir immer wirklicher vor. Inzwischen sind sie so klar und deutlich wie eine echte Erinnerung.

Heute ist Freitag. Idas Geburtstagsfest. Ich habe ihr versprochen, mitzukommen, auch wenn ich beim bloßen Gedanken daran schon vor Angst implodiere.

Was zieht man zum ersten Fest in vier Monaten an? Und was soll ich den anderen sagen?

Ich bin nicht einmal sicher, wer oder wie viele kommen werden. Ich weiß nur, dass Ida die einzige Freundin ist, die mich in den letzten beiden Monaten besucht hat. Alle anderen haben sich zurückgezogen. Anfangs war ich wütend, vielleicht bin ich das noch immer ein bisschen, aber andererseits auch wieder nicht, denn ich kann es ja gut verstehen. Ich habe einen Gehirnschaden. Das klingt so schrecklich, wenn man keine Ahnung davon hat. Und es ist leichter, wegzuschauen. Aber heute Abend muss ich sie nun einmal sehen.

Ich bin meine Kleider durchgegangen. Mir scheint aber nichts mehr zu passen. Sie haben der alten Vega gehört. Ich habe Lust, mir eine Schere zu nehmen und die Kleider in Stücke zu schneiden und sie dann neu zusammenzusetzen, voller Löcher und dicker Nähte. Aber ich kann nicht nähen.

Alma näht sich vieles selbst. Das haben sie im Schauspielkurs gelernt, damit sie alle bei den Kostümen helfen können. Alma würde das sicher auch für mich tun, aber dann müsste ich erklären, was ich mir vorstelle, und wie soll ich das schaffen? Aber vielleicht kann ich etwas von ihr ausleihen.

Ich gehe in ihr Zimmer. Klopfe an, aber sie ist nicht da. Ich kann im Badezimmer das Wasser laufen hören.

Ich öffne den Schrank und sehe tonnenweise Kleider und Blusen. Obwohl ihr Schrank vier Abteilungen hat, ist er zum Bersten gefüllt. Und nur in der einen Abteilung hängen die Kostüme aus den vielen Stücken, bei denen sie mitgewirkt hat.

Ich wühle mich zu den Partykleidern durch und ziehe sie heraus. Sie sind alle typisch Alma. Jede Menge Verzierungen und Details und gewaltige Röcke.

Ich suche weiter. Ich brauche etwas Zurückhaltenderes, Ruhiges.

»Was machst du denn da?« Von der Tür her erklingt Almas scharfe Stimme. Sie kommt aus dem Badezimmer und ist nur in ein Handtuch gewickelt.

»Kleid«, sage ich.

»Du kannst doch nicht in meinen Sachen wühlen! Raus!«, ruft sie und fuchtelt so heftig mit den Armen, dass fast das Handtuch zu Boden fällt.

»Kleid«, sage ich wieder und versuche, es mit den Händen zu zeigen.

»Raus!«, schreit sie noch einmal. Und ich trotte aus ihrem Zimmer.

Aber ich bin jetzt einfach sauer auf sie. Ganz ehrlich, ich wollte doch nur ein Kleid, und sie hat sich schon tausendmal Sachen von mir ausgeliehen. Und vielleicht bin ich auch schon wütend auf sie gewesen, aber das lag daran, weil Alma nichts ausleiht. Sie nimmt es sich einfach, und falls – ein großes FALLS – die Sachen überhaupt zurückkommen, dann sind sie total verändert. Der Ausschnitt ist tiefer geworden, es sind Glasperlen oder Federn dazugekommen oder etwas ganz anderes. Alles Dinge, die nach Almas Ansicht den Wert des Kleides steigern. Aber nur weil sie geliehene Dinge schlecht behandelt, brauche ich das doch nicht auch zu tun. Ich wollte nur ein Kleid *leihen*.

Kurz danach schaut Alma zur Tür herein.

»Willst du heute Abend auf das Fest?«, fragt sie.

Ich nicke. Sie hat es sicher auf dem Wochenplan gesehen, in den Mama alles einträgt, was ich machen soll.

»Und du brauchst ein Kleid?«

Wieder nicke ich.

»Dann gehen wir ins Einkaufszentrum und suchen dort eins.«

»Okay«, sage ich. Ich weiß, dass das für Alma so gut wie eine Bitte um Entschuldigung ist.

»Also, wird das fein oder fein-fein oder megafein?«, fragt Alma, als wir losgehen.

»Bisschen fein«, sage ich.

»Okay.« Alma zieht mich in einen Laden.

»Wie wäre es damit?«, fragt sie und hält mir ein langes, eng sitzendes Kleid mit Federn und Satin hin.

Ich schüttele den Kopf.

»So«, sage ich und zeige eine Länge bis unterm Knie.

»Okay, nächster Laden.« Alma zieht mich mit sich.

»Das da«, sagt Alma und nimmt ein kurzes Kleid, das eigentlich ein bisschen auffälliger ist, als ich es mir vorgestellt hatte, von der Stange.

Aber Alma ist eine Überredungskünstlerin, und bald darauf stehe ich in einer Umkleidekabine. Ich ziehe das Kleid ein wenig gerade und drehe mich um. Es ist wirklich schön. Und vielleicht ist es besser, wenn ich in einem Kleid erscheine, das wirklich toll aussieht, statt mich in irgendeinem schwarzen Teil zu verstecken, das niemand richtig bemerkt.

»Du siehst so toll darin aus. Johan wird die Hände nicht bei sich behalten können.«

Ihre neckende Stimme entlockt mir ein Lächeln. Vielleicht brauche ich das ja? Vielleicht kommt Johan mir immer weiter weg vor, weil ich nichts mehr aus mir mache und nur noch zu Hause versumpfe?

Drei Stunden später breche ich auf. Es kommt mir vor wie hundert Jahre, seit ich zuletzt bei Ida war. Seit ich krank bin, treffen wir uns nur bei mir. Anfangs lag das daran, weil ich so schwer zu verstehen war, dass ich lieber zu Hause sein wollte, wo Mama und Alma helfen konnten, weil sie meine Gebärden besser kannten. Aber heute ist Idas Geburtstag. Zuerst werden wir essen, dann in die Stadt gehen. Und es ist ein reines Mädchenfest.

Mama fand das mit der Tour durch die Klubs nicht so toll und hat Idas Eltern angerufen und lange mit ihnen gesprochen. Ich habe nicht gehört, was besprochen wurde, aber ich kann mir denken, dass Mama wollte, dass Ida gut auf mich aufpasst und dafür sorgt, dass ich heil nach Hause komme. Die arme Ida, die ihren Geburtstag damit verbringen soll, auf mich aufzupassen.

Ida wohnt im Erdgeschoss und sieht mich deshalb durch das Fenster, als ich komme. Sie öffnet und winkt.

»Hallo, Vega!«

»Hallo!«

Ich gehe hinein und schaue auf die Uhr. Ich bin zehn

Minuten zu früh, aber trotzdem ist Ronja schon da. Sie ist sicher schon so früh gekommen, um zu helfen. Sonst habe ich das immer gemacht.

»Hallo, Vega«, sagt Ronja.

»Hallo«, sage ich und sie umarmt mich auf eine oberflächliche Weise, bei der ihre langen Ohrringe meine Schultern streifen. Dann bleiben wir stehen und sehen einander an und die Luft ist dick vor Verlegenheit. Ronja war immer eine gute Freundin. Keine superenge oder so, aber wir hatten einige Wahlfächer zusammen, und sie war oft mit mir und Ida in der Stadt unterwegs.

»Also … wie geht's denn so?«, fragt Ronja.

»Gut«, sage ich. »Du?«

»Sehr gut«, sagt sie.

»Gut«, sage ich.

»Es ist wirklich schön, dich zu sehen«, sagt sie dann. Und ich muss daran denken, dass sie mich nie im Krankenhaus besucht hat und dass ich außer einem kurzen »Gute Besserung« auf Facebook in dieser ganzen Zeit nie von ihr gehört habe.

»Ja«, sage ich nur.

»Jetzt kommt Jenny!«, ruft Ida, die halb aus dem Fenster hängt.

»Super«, sagt Ronja und läuft zu Ida.

»He, Jenny, hast du auch an meine Wimperntusche gedacht?«, ruft sie.

»Jep«, ruft Jenny zurück und bald darauf kommt sie herein.

»Meine Güte, Vega«, ruft sie. »Du siehst aber gut aus! Ich zieh mich erst nach dem Essen um. Das hier ist nur vorläufig«, sagt sie, wie um sich für ihr eigentlich ziemlich cooles Kleid zu entschuldigen.

Bald darauf hat sich das Zimmer mit Mädchen gefüllt, die über das letzte Fest diskutieren, über die bevorstehende Matheklausur und über irgendeinen neuen Hausmeister, der offenbar verdammt gut aussieht.

Ich stehe nur in der Ecke und sehe zu. Ida lächelt und lacht, aber als sie mich entdeckt, erstarrt ihr Lächeln, und bald darauf bahnt sie sich einen Weg zu mir.

»Komm, du kannst mir bei den Drinks helfen«, sagt sie und zieht mich in die Küche, und ich habe ein furchtbar schlechtes Gewissen, weil ich sie aus ihrem Fest herausgerissen habe.

»Wenn du die gefrorenen Erdbeeren in die Gläser legst«, sagt sie.

Ich nicke, öffne den Gefrierbeutel und verteile die Erdbeeren. Danach öffnet Ida einen Asti und füllt die Gläser mit Sekt und Fliederbeersaft.

Wir stellen alle Gläser auf ein Tablett und gehen zurück zu den Gästen.

»Das ist der Willkommensdrink«, sagt Ida. »Den haben Vega und ich gemixt.« Sie drückt meine Schulter.

Kurz danach sitzen wir am Tisch. Ida hat Tapas à la Ida gemacht – was bedeutet, es gibt große Schüsseln mit vielen winzigen Gerichten. Ich bekomme Lachstatar, Serranoschinken, gebackene Tomaten, gegrilltes Gemüse und natürlich: jede Menge Oliven.

»Das schmeckt einfach wunderbar«, sagt Jenny. »Da fällt mir ein: Wir machen doch beim Wettbacken mit?«

»Bestimmt nicht«, sagt Ronja. »Das passt nicht zu meiner Diät.«

»Du brauchst den Kuchen doch nicht zu essen.«

»Nein, aber trotzdem. Ich will lieber jeden Nahkontakt mit Zucker vermeiden«, sagt sie.

»Jenny hat recht«, sagt Dina. »Wir müssen mitmachen. Sonst sind wir die einzige Klasse, die nicht dabei ist …«

Und so geht das Gespräch weiter, auch als Ronja schon längst aufgegeben und versprochen hat, beim Kuchenbacken zu helfen, aber es muss noch etwas anderes als Schokoladenkuchen geben. Und dann geht die Diskussion über alle Kuchensorten los, die sie backen können, und Dina erzählt, dass sie wie eine echte Spionin herausgefunden hat, was mindestens zwei der anderen Klassen backen wollen. Danach wechselt das Gespräch auf den Unterschied zwischen Glasur und Frosting über, um sich dann der schlechten Kuchenauswahl in der Mensa zu widmen – und eigentlich gilt das für das ganze Essen dort. Dann sprechen sie darüber, dass die Essenspausen länger sein müssten, damit man in die kleine Salatbar unten in der Straße gehen könnte. Und während das alles diskutiert wird, gehen meine Gedanken auf Wanderschaft.

Ich denke daran, wie gleichgültig das alles wirkt, worüber sie sprechen, und dennoch, ohne meine Krankheit würde ich mich genauso begeistert in die Diskussion stürzen wie alle anderen.

Meine Ansichten wären ungefähr so:

1. *Bananenkuchen!*
2. *Ganz klar Frosting, das schmeckt besser und sieht schöner aus als Glasur.*
3. *Die Kuchenauswahl in der Mensa ist wirklich ein Skandal, und ich würde hinzufügen, dass das Wettbacken vielleicht deshalb erfunden worden ist und dass alle Klassen eigentlich ein System einführen könnten, bei dem jede Woche eine andere die Kuchen bäckt und verkauft. Auf diese Weise könnten wir sicher sein, dass es immer leckere und unterschiedliche Kuchen gibt.*
4. *Ich finde die Idee mit den längeren Pausen gut, aber ich glaube, dass die Salatbar gar nicht in der Lage wäre, eine Horde Gymnasiastinnen zu verpflegen, und deshalb würden wir doch zu spät kommen, denn wir müssten eine Ewigkeit Schlange stehen. Also wäre die einzige richtige Lösung, in der Mensa Leute aus einer Salatbar einzustellen und sie das Essen machen zu lassen.*

Während ich dieses Gespräch in meinem Kopf ablaufen lasse, geht mir auf, dass es um mich herum ganz still geworden ist und dass alle mich ansehen.

»Hm?«, frage ich.

»Jenny hat nur gefragt, ob du auch zur Halloweenparty kommst«, erklärt Ida, als sie meinen verwirrten Blick sieht.

»Vielleicht«, sage ich.

»Nein, unbedingt«, sagt Ronja übertrieben eifrig.

»Ja«, stimmt Jenny zu. »Du musst uns helfen, das Ida-Mysterium zu lösen.«

»Was?«, frage ich, während Idas Wangen sich knallrosa färben.

»Also, neulich in Bio, da hat Dina gesehen, dass Ida einen Knutschfleck am Hals hatte, aber sie wollte uns absolut nicht sagen, von wem.«

Ich schiele zu Ida hinüber. Ich habe von keinem Knutschfleck gehört, aber ich habe den Verdacht, dass das mit der peinlichen Oscar-Episode zu tun hat.

»Reden wir von etwas anderem«, sagt Ida.

»Ach, komm schon, wir sind doch unter uns«, ruft Ronja. »Raus mit der Sprache. War es Lars?«

Idas Wangen werden noch röter.

»Reden wir von etwas anderem«, sagt sie noch einmal.

»Komm schon!«, verlangt Dina.

»Ja, spuck's aus, Ida!«, sagt Jenny.

»Das Geburtstagskind hat zu entscheiden«, sage ich.

Alle verstummen und starren mich an, und nun weiß ich, dass es verkehrt geklungen hat. Meine Wangen brennen, und ich merke, wie mein Hals sich zusammenschnürt, während ich mich zwinge, es noch einmal zu sagen.

»Bambi hat zu bestimmen«, sage ich und zeige auf Ida und die Flagge auf dem Tisch, während die anderen noch immer total verdutzt dreinschauen.

»Das Geburtstagskind entscheidet«, sagt nun Ida, und ich nicke.

Sie strahlt und lächelt.

»Vega hat recht. Ich habe Geburtstag, und ich entscheide, dass hier nicht mehr über Knutschflecken geredet wird.«

»Flecken … also gleich Mehrzahl?«, fragt Ronja, aber Ida bringt sie mit einem scharfen Blick zum Schweigen.

»Die Klassenfahrt«, sagt nun Dina. »Freut ihr euch auch so wahnsinnig auf Berlin?«

Und dann wird das Gespräch wieder lebhaft, während sie über die Klubs reden, die sie besuchen wollen, und darüber, wie toll es wird, die Reste der Mauer zu sehen, und dass in der Zeit, wo sie da unten sind, in Berlin offenbar ein wahnsinnig tolles Musikfestival stattfindet.

Ich verstumme wieder und denke daran, wie gern ich mitfahren würde und wie grauenhaft es sein wird, allein hier zu Hause zu sitzen.

An diesem Abend sage ich nicht mehr viel. Und die anderen stellen auch nicht viele Fragen. Sie reden noch immer über Berlin, über Klausuren und eine Menge anderer Dinge, bei denen ich nicht mithalten kann. Um zwölf quetschen wir uns in zwei Taxis, nach einer erhitzten Diskussion darüber, zu welchem Klub wir überhaupt fahren wollen. Abermals schaffe ich es, das Gespräch mit »Das Geburtstagskind entscheidet« zu beenden, damit wir loskönnen.

Es ist ziemlich voll. Etliche Typen stehen an den Wänden und beobachten die vielen Mädchen, die auf der Tanzfläche sind. Ein Mann mischt sich darunter und bricht eine Freundinnenclique auf, während er sich der nähert, die ihm am besten gefällt.

Irgendwo hämmert die Musik. Es zittert in meinen Ohren und ich denke, dass das vielleicht eine Hilfe ist. Dass ich hier in diesem Lärm zu egal wem egal was sagen könnte, und niemand würde sich über mein Geplapper wundern.

Jenny und Ronja laufen auf der Tanzfläche schon Amok. Ida hakt sich bei mir ein und zieht mich in die Lounge. Wir lassen uns auf ein Sofa sinken.

Sie rutscht nervös hin und her.

»Trinken«, sagt sie dann. »Ich hol uns was. Was möchtest du?«

»Cola«, sage ich, weil ich nicht weiß, was passieren kann, wenn ich mich betrinke.

»Okay«, sagt sie und steht auf.

Ich sehe ihr hinterher und beobachte, wie sie sich über den Tresen beugt. Sie wirft sich die braunen Locken über die Schulter und lächelt auf eine Weise, die die meisten Typen zum Springen bringt.

Dann kommt sie mit zwei blauen Gläsern zurück.

»Cola?«, frage ich.

»Ich weiß, aber der Barmann fand Cola zu langweilig und hat uns das hier gegeben.« Sie lächelt mich an.

»Aufreißen …«, frage ich.

Sie lacht und schüttelt den Kopf, dann lässt sie sich neben mich auf das Sofa sinken.

Wir leeren die Gläser und ich fühle mich leicht im Kopf. Ich lasse mich zu Jenny und Ronja auf die Tanzfläche ziehen, und während wir tanzen, ärgere ich mich, weil Johan nicht hier ist. Weil ich nicht mit ihm tanze.

Er sieht mich nur, wenn ich mit der Fernbedienung auf dem Sofa gefangen bin.

»Bilder«, sage ich und halte mein Smartphone vor uns hoch.

Ida zieht mich ganz eng an sich und ich knipse zwei Fotos.

Die Tanzfläche füllt sich jetzt rasch. Wir tanzen immer enger, um nicht mit den anderen zusammenzustoßen.

Meine Sandale geht auf und ich bücke mich, um den Riemen wieder zu schließen. Als ich mich aufrichte, stößt mich jemand von den anderen Tanzenden vor die Brust. Ich schwanke und verliere das Gleichgewicht. Und während ich rückwärts falle, denke ich, dass ich das doch schon kenne. Zuerst trifft mein Hintern auf dem klebrigen Boden auf, dann mein Kopf. Und alles scheint plötzlich zu schaukeln.

Während mir jemand auf die Beine hilft, bricht eine Erinnerung über mich herein.

Das Gefühl von Handflächen auf meiner Brust, vom Sturz rückwärts und dem Wasser, das mich trifft … die Kälte, die sich um mich schließt, während ich durch die Oberfläche die verschwommene Gestalt sehe, die mich gestoßen hat.

»Alles in Ordnung?«, fragt Ida.

Ich schüttele den Kopf.

»Willst du nach Hause?«

Ich nicke, ohne eigentlich zu wissen, wozu.

KAPITEL 8

RING

»Das Gehirn bildet neue Wege«, erklärte der Arzt. Und ich musste an meinen Vater und an das Universum denken, das ständig neue Sterne bildet. »Auf diese Weise kann es einen Ausgleich für das Verlorene schaffen.«

Die medizinischen Ausführungen hatte ich zwar nicht alle verstanden, aber jetzt wusste ich immerhin, warum die Wörter, die ich hörte, kein Wortgewirr mehr waren. Dass mein Gehirn langsam versuchte, sich selbst zu reparieren, und wenn ich trainierte, würde es irgendwann auch meine Sprache reparieren können.

Dann hatte ich den ersten Termin mit Charlotte und wir machten Pläne für mein Sprachlerntraining. Danach kamen die Krankengymnasten und machten sich an die Übungen für mein Bein und meinen Arm.

Lähmungen treten nach einer Gehirnblutung häufig auf, erzählten sie mir. Und dass das Sprachzentrum dicht neben der Stelle liegt, die den rechten Arm und das rechte Bein steuert, und dass deshalb nur diese Seite betroffen war.

Aber das alles lasse sich wieder lernen. Genau wie die Sprache. Damals dachte ich, ich könnte wieder ganz normal werden. Ich begriff nicht, dass sie mit »wieder lernen« meinten, dass ich wieder funktionieren könnte. Nicht, dass alles so werden würde, wie es vor dem Unfall war. Denn nichts wird wieder wie früher, wenn man ein Loch im Gehirn hat.

Am Tag nach dem Fest kommt Johan zu Besuch. Vielleicht, weil er Lust hat, vielleicht, weil Ida ihm gesagt hat, dass ich gestern Abend ganz schön fertig war.

»Das ist jetzt mein letzter Besuch bei dir, ehe wir nach Berlin fahren«, sagt er nach langem Schweigen.

Ich nicke, auch wenn ich über diese Bemerkung staune. Weil er sozusagen als Erstes Abschied nimmt.

»Ich freue mich auf die Fahrt«, sagt er.

Ich weiß noch, wie wir in der Klasse abgestimmt haben. Und wie Berlin dann über Prag und Stockholm den Sieg davontrug.

»Es ist so dumm, dass du nicht mitkommen kannst.«

Wieder nicke ich. Er öffnet den Mund, um noch mehr zu sagen, aber die Wörter sterben auf seiner Zunge.

Ich nehme seine Hand. Streichle sie, aber er zieht sie zurück.

»Du fehlst mir«, sagt er dann, und das tut schrecklich weh, denn er fehlt mir auch. *Wir* fehlen mir. Und mir fehlt mein altes Ich.

Ich küsse ihn, aber er wendet sich ab.

»Wir werden die Stelle sehen, wo die Mauer gestanden hat«, sagt er dann, obwohl die einzige Mauer, die mich gerade interessiert, die zwischen ihm und mir ist.

An allem ist Mama schuld, oder sie und Alma, weil sie

sich zusammengerottet haben, und jetzt hat Mama mit Johan auf eine Weise geredet, wie sie es nie hätte tun dürfen. Sie haben ihn mit Pessimismus und Hoffnungslosigkeit angesteckt. Er sieht nicht mehr mich. Er sieht nur den Kummer und die Angst, dass ich vielleicht nie mehr werde, wie ich war.

»Wohnen?«, frage ich, denn ich freue mich ja doch, weil er redet.

»Irgendwo im Osten«, sagt er. »So eine Art Jugendherberge, bei der die Schule den Preis drücken konnte. Wir haben ja die Fahrtkosten gedeckelt, so gut es überhaupt ging. Du weißt schon, um sicherzustellen, dass wirklich alle mitkommen können.«

Er klingt jetzt etwas fröhlicher. Findet etwas von seinem Temperament wieder, sobald er mit seiner Klassensprecherstimme redet. Sein Blick landet beim Computer, dessen Bildschirm noch immer das Sprachtrainingsprogramm zeigt. »Wie funktioniert das eigentlich?«, fragt er plötzlich und geht hinüber. »Drückt man einfach auf *Play*?«

Ich nicke. Er klickt.

»Ich bin müde«, sagt eine Stimme.

»Und das sollst du wiederholen?«

Ich nicke wieder.

»Dann wiederhole«, sagt er, aber ich schüttele den Kopf. Hier wird jetzt nicht geübt.

»Doch, komm schon«, sagt er.

»Später«, sage ich, und fühle mich in seinem Netz gefangen.

»Nein«, sagt er. »Du musst üben.«

Ich ziehe ihn in einen Kuss. Aber seine Lippen sind nicht dabei. Ich lasse sie los und fange seinen Blick ein. Wir stehen ganz dicht voreinander und ich spüre seinen Blick in meinem Gesicht.

»Ich muss los«, sagt er dann. »Ich muss packen, und …« Er bleibt einfach stecken.

Dann küsst er mich auf die Wange. »Wir sehen uns, wenn ich wieder hier bin.«

Und geht. Ich sinke auf dem Bett in mich zusammen.

»Du fehlst mir«, hat er gesagt. Nicht, dass er mich liebt, sondern, dass ich ihm fehle. Ihm fehlt das Mädchen, das ihm stundenlang zuhören mochte. Er konnte endlose Monologe halten und ich habe ihn reden lassen. Nicht weil mich die Politik so brennend interessierte wie ihn, sondern weil ich die Art liebte, in der er strahlte, wenn er redete. In seinen Augen konnte ich den Traum von einer besseren Welt sehen.

Aber jetzt ist meine und Johans Welt untergegangen.

Ich gehe zum Computer.

»Ich bin müde«, flüstere ich.

Heute Nacht habe ich wieder geträumt. Von dem Gefühl, gestoßen zu werden, und dem Schlag, als ich auf dem Wasser auftreffe. Mein Gehirn lässt den kleinen Film wieder und wieder ablaufen, und je mehr ich ihn sehe, desto deutlicher fühle ich alles in meinem Körper. Kann den Stoß und die Hände spüren. Die plötzliche brutale Berührung.

Als ob sie auf meiner Hand einen Abdruck hinterlassen hätte. Und in diesem Abdruck spüre ich einen Ring an einem Finger. Der wird zu einem roten Faden in dem ganzen Chaos. Ich muss herausfinden, wer es war. Und ob es überhaupt jemand war oder ob ich nun wirklich den Verstand verloren habe.

Ida und Johan sind unterwegs nach Berlin. Ich bin allein. Ich starre den Bildschirm an, Facebook, wo wie Wellen immer neue Informationen heranrollen. Ich bekomme kurze Eindrücke von der Fahrt. Ida schickt ein lässiges Selfie aus dem Bus. Ronja sitzt neben ihr und hat den Arm um sie gelegt, auf dem Platz, wo ich hätte sitzen müssen. Ich denke an die vielen Dinge, die ich erleben könnte, wenn der Unfall mir nicht das Leben gestohlen hätte.

Ich muss mich unbedingt an noch mehr erinnern. Ich denke an alle Filme über Gedächtnisverlust, die ich gesehen habe. Bilder können Menschen bei der Erinnerung helfen, wenn ich also Bilder von dem Fest finde, könnte mich das weiterbringen. Ich gehe auf Facebook zu Idas Profil und finde das Album vom Sommerfest. Ich klicke mich durch die Bilder. Allein bei Ida gibt es über vierzig. Ich sehe Bilder von einer wilden Verkleidung nach der anderen. Meine Gedanken knistern, als ob meinem Gehirn kleine Stöße versetzt würden. Als ob es versuchte, die Löcher in meiner Erinnerung zu flicken. Ich war auf diesem Fest. Ich müsste mich daran erinnern können. Ich blättere weiter.

Anna macht auf einem Bild einen Schmollmund und

wirft sich dabei ihre langen schwarzen, glänzenden Haare über die Schultern, auf eine Weise, die vamphaft und unschuldig zugleich wirkt. Die Reiche aus der Klasse. Ihre Familie hatte der Schule das Sommerhaus für das Fest geliehen. Auch sie hat mich nie im Krankenhaus besucht. Das weiß ich, weil Mama sich deshalb bei Papa beklagt hat. Dass Annas Familie sich die ganze Zeit reichlich gleichgültig verhalten und so getan habe, als sei mein Unfall für sie ein größeres Problem als für uns. Denn sie wurden ja von der Polizei vernommen und mussten zudem auch noch ihren Swimmingpool säubern.

Ich gehe weiter die Bilder durch.

Anna ist als Glockenblume verkleidet, mit einem eng sitzenden Satinkostüm mit funkelnden Plastikflügeln. Johan geht als Römer mit rotem Umhang und goldenem Brustpanzer.

Ida ist Polizistin. Steht da und posiert mit ihrer Pistole. Und dann ich …

Das Feenkostüm hatte viel zu viel gekostet, musste im Internet bestellt werden, und ich weiß absolut nicht mehr, warum es so wichtig war.

Ida und ich hatten unsere Kostüme auf derselben Website bestellt. Wir machten uns fertig, und während ich ihr half, die Netzstrümpfe richtig zu ziehen (sie war eine ziemlich nuttige Polizistin), half sie mir mit den Flügeln.

Mich selbst zu sehen, lächelnd, redend, normal … das ist wie ein Erdbeben. Als ob sich alle Gefäße und Adern zu einem heftigen Krampf zusammenziehen.

Ich klicke weiter. Sehe Küsse, Champagner, Tanz. Ich weiß nicht, nach wem ich suche. Sehe mir die Bilder an, um mich an alle zu erinnern … Die Person, die mich geschubst hat, ist auch dabei.

Pling. Eine Mitteilung ist gekommen. Noch ein Smiley. Er blinkt. Ich starre ihn eine Weile an, dann kommt ein Link.

YouTube. Ich klicke.

Martin Solveig & Dragonette: *I just came to say hello.*

Das Video geht los:

I could stick around and get along with you
Hello oh-oh-oh-oh
It doesn't really mean that I am into you
Hello oh-oh-oh-oh.

…

Yeah, I think you're cute, but really you should know
I just came to say hello
Hello
Hello.

Der grüne Punkt neben seinem Namen zeigt an, dass er noch immer online ist, dass er auf eine Reaktion wartet, und während das Video zu Ende läuft, beginnt der Countdown.

Ich werde antworten. Mit einem Video, das eine Erwiderung auf seines ist.

Schließlich schicke ich *Murder on the dancefloor.*

Er schlägt einen Chat über Skype vor. Ich fahre mir mit

der Hand durch die Haare, dann nehme ich an. Er winkt mir zu und ich winke auch.

»Motiv«, sagt er dann.

Ich zucke mit den Schultern.

Das Lied muss ihm klargemacht haben, dass ich die Person suche, die mich gestoßen hat, und er stellt die logischste Frage der Welt. Dennoch habe ich keine Ahnung, was ich antworten soll. Ich habe ehrlich gesagt keine Ahnung, warum irgendwer mir etwas antun könnte.

»Warte«, sagt Theo und steht auf.

Ich sehe seinen leeren Schreibtischstuhl an. Versuche, die Titel der Bücher im Regal dahinter zu lesen.

Er kommt zurück. Er hat eine Flasche in der Hand. Hält sie in die Kamera, damit ich sie sehen kann. Es ist so ein Themenbier. Die Sieben Todsünden, oder so etwas.

Das Bild hilft mir, das Wort zu entziffern: Zorn.

Er nimmt die Flasche wieder weg. Zeigt auf mich.

Ich zucke mit den Schultern. Mir fällt niemand ein, der wütend auf mich sein könnte.

»Warte«, sagt er wieder.

Diesmal ist er nur einen Augenblick verschwunden und kommt dann mit einer DVD zurück.

Ich erkenne die Vorderseite. Ich habe den Film vor einigen Jahren gesehen: »Rache«.

Er sieht mich an und ich würde zu gern eine intelligente Bemerkung machen. Er gibt sich solche Mühe, aber ich habe keine Ahnung, wer sich warum vielleicht an mir rächen will … Doch … wenn überhaupt, dann … Fie.

»Fie«, sage ich.

»Warum?«, fragt er.

Ich runzele die Stirn. Es ist eigentlich ein blödsinniger Grund, aber ein besserer fällt mir jetzt nicht ein.

Ich kann es nicht mit Wörtern erklären, deshalb nehme ich einen Block. Zeichne zwei Strichfiguren und schreibe 9,5 über die eine und 9,8 über die andere. Hebe das Blatt hoch, zeige auf die 9,8 und zeige auf mich. Zeige auf 9,5 und auf die kleine Strichperson.

Er zuckt mit den Schultern, und ich bin nicht sicher, ob er es verstanden hat. Es ging um den besten Notendurchschnitt. Meiner war 9,8. Aber weil ich besser war als sie, würde sie mich doch wohl nicht in einen Swimmingpool stoßen, oder?

»Beweisen«, sagt er.

Ich schüttele den Kopf.

Er zögert. Wir wissen beide, dass ich ohne Beweise nicht weiterkomme.

»Ring«, sage ich plötzlich.

»Ring?«, fragt er.

Ich nicke und zeige auf den, den ich selbst am Finger trage. Es ist nur ein billiger, weil Johan sich nie etwas anderes leisten konnte.

»Gut«, sagt er. »Weniger Verdächtige.«

Ich nicke. Die meisten Männer sind damit ausgeschlossen.

»Bilder«, sagt er dann.

Ich brauche einen Moment, um zu verstehen. Ich soll

mir Bilder vom Fest ansehen und feststellen, wer einen Ring trägt.

Also klicke ich mich auf Facebook zurück zu Idas Album und drucke jedes Bild aus, das ich finden kann. Dann mache ich weiter bei Ronja, Lisa. Anna … Die ganze Klasse hat Bilder vom Fest hochgeladen.

Ich drucke so viele Bilder aus, dass ich zweimal Papier nachlegen und dreimal die Patrone auswechseln muss. Dann packe ich den Stapel auf den Tisch. Ich sortiere die Bilder zu zwei Stapeln. Ein Stapel mit Leuten, die ich kenne und deren Namen ich weiß, und einen Stapel mit allen, von denen ich nichts weiß. Leute aus den Parallelklassen, deren Namen ich nie richtig gelernt habe. Dann finde ich unser Online-Klassenbuch. Auch hier drucke ich aus. Jetzt ist es eine Art Erinnerungsspiel. Ich muss die Gesichter vergleichen und die Namen von allen herausfinden. Und dann werde ich untersuchen, wer einen Ring trägt.

KAPITEL 9

METEORREGEN

Johan war der Erste, der nicht zur Familie gehörte und der trotzdem zu mir durfte. Ich werde niemals sein Gesicht vergessen. Es war so voller Trauer. Als ob er Mamas Pessimismus übernommen und mich lieber gleich aufgegeben hätte.

Er hatte Tulpen gekauft. Hellrote Tulpen. Er schwenkte sie eine Weile hin und her, während er Ausschau nach einer Vase hielt.

Dann legte er sie weg und gab mir einen oberflächlichen Kuss auf die Lippen. Er setzte sich auf den Stuhl. Er fummelte mit den Händen herum und sah mich nicht richtig an. Dann wanderte sein Blick wieder zu den Blumen.

»Ich geh mal eine Vase holen«, sagte er nach langem Schweigen.

Und dann brauchte er zehn Minuten, um auf der Station herumzurennen und zu suchen. Und als er dann endlich eine Vase gefunden hatte und sich wieder zu mir setzte, wuchs sein Schweigen nur immer weiter, während er mich ansah und ansah, als ob er nach einer suchte, die verschwunden war.

»Ich soll dich von meinen Eltern grüßen«, sagte er dann. »Und von der ganzen Klasse. Wir freuen uns alle darauf,

dass du wieder gesund wirst.« Aber er sah aus wie einer, der glaubte, dass es niemals so weit kommen werde.

Vor drei Tagen sind sie zur Klassenfahrt aufgebrochen. Ich hänge die ganze Zeit auf Facebook rum und sehe kurze Momente von allem zwischen Museen und der Mauer bis zu Currywurst und Klubs.

♡ *Berlin* steht bei Ida, und sie hat ihr Profilbild gewechselt. Auf dem neuen macht sie ein Duckface, während sie ein Glas hebt. Sie sind in einem Klub. Ich kann im Hintergrund Johan sehen. Auch er lächelt. Sieht fantastisch aus.

Seine Posts machen mich schon nachdenklicher. Und sie sind lang … so lang, dass Alma sie mir vorlesen muss, damit ich sie verstehen kann. Sie haben mit der Mauer zu tun und mit allen unsichtbaren Mauern, die es auf der Welt noch immer gibt, zum Beispiel Geld, Hautfarbe und Religion.

Er hat mir keine Nachricht geschickt. Ich habe ihm zwei Smileys gesendet, in der Hoffnung, dass er dann schreibt, aber das hat er nicht getan.

Ich sehe seine Bilder durch. Da ist nicht viel passiert. Johan ist auf Facebook ein bisschen zurückhaltend. Er will zum Beispiel bei seinem Profil keine Bilder von Partys haben. Er findet, dass er auf seinen guten Ruf achten muss, als wäre er schon halb ins Parlament gewählt.

Aber immerhin gibt es ein einzelnes Bild von ihm am Alexanderplatz. Ich sehe mir seine alten Bilder an. Er ist mir irgendwie ein bisschen näher, wenn ich die durchklicke. Ich gehe zurück, finde ein Bild von ihm und mir auf der Demo für kleinere Klassen (eins von Johans wichtigsten Anliegen). Das kommt mir jetzt so weit weg vor.

Es geht voran mit den Bildern vom Fest. Ich habe alle im Jahrbuch nummeriert und gebe den Gesichtern auf den Bildern dieselben Nummern. So geht es leichter. Nummern sind kürzer als Namen und deshalb kann ich sie leichter im Griff behalten. Auf diese Weise finde ich heraus, wer wer ist. Und dann starte ich meine Suche nach Bildern, auf denen man die Hände der Mädchen sehen kann. Zum Glück gibt es jede Menge Bilder, aber auch jede Menge Mädchen mit Ringen. Fie ist allerdings nicht dabei, sie gehört absolut nicht zu den Verdächtigen.

Papa meldet sich per Skype und ruft mich von der Arbeit mit den Bildern weg.

Die starke Wüstensonne hat seine Haut deutlich gefärbt.

»Hallo, mein Sternchen.«

»Hallo, Papa«, sagte ich.

»Wie geht's dir?«

»Gut.«

»Schön.« Sein Lächeln ist traurig, und mir ist klar, dass er weiß, dass ich keine andere Antwort geben kann als gut.

»Dir?«, frage ich.

»Hervorragend«, sagt er. »Wir haben jetzt einige überaus interessante Messwerte zusammen. In einigen Monaten verfügen wir dann hoffentlich über genug Daten, um daraus Schlüsse ziehen zu können.«

Ich nicke.

»Und dann ist die Rede davon, das Projekt zu verlängern, vielleicht mit mir als Leiter.«

Ich klatsche begeistert in die Hände, obwohl ich weiß, dass es dann noch länger dauern wird, bis er nach Hause kommt.

»Ja, wir werden sehen. Sicher ist das alles noch nicht«, sagt er, aber ich merke schon, dass er sich Hoffnungen macht.

Ich drücke Däumchen und zeige ihm das.

»Danke, Sternchen«, sagt er. »Hast du heute Abend schon was vor?«

Ich schüttele den Kopf und verspüre die total kindische Hoffnung, dass er fragt, weil er einen Flug gebucht hat und unterwegs nach Dänemark ist.

»Es gibt einen Meteorregen«, sagt er und ich verberge meine Enttäuschung. »Du musst mit Alma in den Park gehen. Es wird Hunderte von Sternschnuppen geben.«

»Okay«, sage ich, aber mich graust es ein bisschen, wenn ich an unseren letzten, nicht so ganz gelungenen Ausflug in den Park denke.

»Das ist wirklich fantastisch«, sagt Papa. »Weißt du noch, wie wir am Strand beim Ferienhaus waren?«

Ich nicke vage. Es ist mehrere Jahre her. Wir hatten Ferien und Papa weckte uns spätabends, um uns an den Strand zu schleifen. Da lagen wir im Sand auf dem Rücken und schauten hoch zum Himmel, wo eine Sternschnuppe nach der anderen auftauchte.

»Heute Abend wird es wohl noch mehr geben«, sagt er verheißungsvoll. »Halte Ausschau nach Cassiopeia. Da werden die meisten zu sehen sein.«

»Okay«, sage ich noch einmal.

Ich kann im Hintergrund Lärm hören.

»Gut, Schatz«, sagt er. »Ich muss los. Sag Alma und Mama einen schönen Gruß.«

Ich nicke.

Meteorregen … Sternschnuppen. Ich denke an die vielen Wünsche, die ich damals hatte. Alma hatte sich gewünscht, die größte und berühmteste Schauspielerin aller Zeiten zu werden. Und ich war gemein und behauptete, der Wunsch werde aber nicht in Erfüllung gehen, weil sie ihn laut gesagt hatte.

Sie war stocksauer, und wir bewarfen uns gegenseitig mit Sand, bis unsere Eltern die Nase so voll hatten, dass sie uns wieder nach Hause schleiften und auf die restlichen Sternschnuppen verzichteten.

Und heute Abend also wieder Meteorregen. Wenn Papa hier wäre, würde ich den Abend ja gern mit Sternschnuppen verbringen. Wenn Papa da ist, macht er alles, was mit Himmelskörpern zu tun hat, interessant und spannend. Aber wenn nur Alma und ich hingehen … dann wird es sicher nur noch mehr Schweigen geben.

Aber ich weiß, dass Papa danach fragen wird, wenn wir

das nächste Mal skypen, und deshalb werde ich wohl doch hingehen müssen.

Almas Zimmertür ist abgeschlossen. Ich zögere. Ehe ich hineingehe, muss ich mir irgendeine Erklärung ausdenken. Ich denke an Theo. Daran, wie er mit Gegenständen kommuniziert hat.

Ich wühle im Schrank, und ganz hinten finde ich es. Ein mehrere Jahre altes T-Shirt, das ich schon tausendmal wegwerfen wollte, das ich aber trotzdem aufbewahrt habe, weil es mich an Papa erinnert.

Meteor rocks, steht darauf.

Es stammt von unserer Reise in die USA, wo wir mit unseren Eltern das Kennedy Space Center besucht haben. Papa hatte ein Exklusivangebot gebucht, dazu gehörte ein Mittagessen mit einem Astronauten. Eine halbe Stunde, in der wir nach allem, was sich zwischen Himmel und Erde befindet, fragen konnten. Papa tat das. Er fragte und fragte. Vielleicht taten Alma und ich dem Astronauten leid, weil wir keine einzige Frage stellen konnten. Jedenfalls schenkte er jeder von uns ein T-Shirt.

Mit dem T-Shirt in der Hand und meinem maßgeschneiderten Buch mit Fotos von Dingen, Personen und Orten gehe ich zu Alma. Mama ist wieder nicht zu Hause. Sie macht Interviews für dieses neue Buch, über das sie nicht reden mag, weil es noch zu früh im Prozess ist, wie sie sagt.

Ich klopfe an Almas Tür.

»Was?«

»Vega«, sage ich.

»Komm rein«, sagt sie.

Sie liegt im Bett. Die Jalousien sind ganz nach unten gezogen und es läuft schwere, düstere Musik. Alma hat einen ihrer Tiefpunkte erreicht. Ihre Stimmung ändert sich dauernd.

Ich setze mich neben sie. Zeige auf das T-Shirt.

Sie glotzt es an.

»Gott, hast du das noch immer?«, fragt sie. »Ich hab meins schon vor Jahren weggeschmissen.«

Ich zeige wieder auf den Stein auf dem T-Shirt.

»Meteor …«, sagt sie.

Ich nicke.

»Papa«, sage ich.

Dann schlage ich das Bilderbuch auf. Das erste Bild ist ein Foto von Mama, Papa, Alma, Ida und Johan. Alma hat das Buch zusammengestellt, damals, als sogar Namen mir schwerfielen.

Ich blättere weiter.

Alma wartet. Sie weiß, dass es dauert.

Ich greife zum Telefon. Zeige darauf.

»Papa«, sage ich wieder.

»Papa hat angerufen?«, fragt sie.

Ich nicke und zeigte auf das T-Shirt.

»Papa hat angerufen und wollte über Meteore reden?«, fragt Alma.

Ich nicke.

»Jaja, du kennst doch Papa, der hat immer irgendeinen Blödsinn über Sterne und Meteore zu erzählen«, sagt sie.

Aber ich blättere weiter im Buch. Finde die beiden Bilder. Das eine ist hell, das andere dunkel. Tag und Nacht. Ich zeige auf die Nacht.

»Meteore heute Nacht«, sagt sie.

Ich nicke.

Sie streckt die Hand nach dem iPad aus. Googelt und sagt:

»Aha, heute Abend gibt's Meteorregen.«

Dann verzieht sie das Gesicht.

»Ach«, sagt sie. »Ich geh auf ein Fest, das ist nicht …« Ihr Blick irrt umher. »Soll ich absagen?«

Ich schüttele ganz schnell den Kopf. Ich hab ihr Leben wirklich schon genug kaputt gemacht. Immer wenn ich etwas vorhabe und Mama nicht kann, muss Alma alles absagen und umarrangieren.

»Aber vielleicht kann jemand anderes mit dir gehen«, sagt sie. »Soll ich Johan oder Ida anrufen?«

Ich schüttele den Kopf.

»Weg«, sage ich.

»Ach ja, die Klassenfahrt«, sagt sie. »Also, bist du sicher, dass ich nicht absagen soll? Das ist kein Problem.«

Ich schüttele den Kopf. Alma hat doch gerade erst auf dem Gymnasium angefangen. Es ist wichtig, dass sie zu den ersten Partys geht, damit sie alle kennenlernt.

»Und sonst kann ich niemanden fragen?«

Alle anderen haben heute Abend etwas vor. Alle außer

mir. Ich will schon den Kopf schütteln, aber dann fällt mir etwas ein.

Ich zeige auf ihr iPad, auf dem ihre Facebookseite geöffnet ist.

»Ist die Person nicht im Buch?«, fragt sie.

Ich schüttele wieder den Kopf und zeige wieder auf Facebook.

Sie loggt sich aus und mich ein. Geht langsam meine Bilder durch.

Dann zeige ich auf jemanden.

»Theo«, sagt sie. »Wer ist Theo?«

Ich sage nichts. Das ist der einzige Vorteil an dieser ganzen Angelegenheit. Es ist leicht, peinlichen Fragen auszuweichen.

Ich zeige wieder auf den Artikel.

»Soll ich ihm den Link schicken?«, fragt sie.

Ich nicke.

Sie kopiert den Link.

»Ich schreibe, dass du fragst, ob er mit in den Park kommt, um sich das anzusehen.«

Ich nicke wieder.

»Smiley?«, fragt sie.

Und ihre Augen funkeln, als ob sie schon zu viel begriffen hätte.

Ich schüttele den Kopf.

»Auch gut, kein Smiley«, sagt sie und drückt auf Senden. »So. Hol mich, wenn er antwortet.«

Ich nicke und setze mich in mein Zimmer und starre

meine Facebookseite an. Grüner Punkt. Er ist online. Er muss die Nachricht schon gesehen haben …

Und dann warte ich. Wie lang kann das wohl dauern? Wenn er einfach den Link anklickt, wird er vom Text erschlagen. Wenn er nur Hilfe dazu hat!

Eine halbe Stunde später klingelt unser Telefon. Ja, wir gehören zu den altmodischen Familien, die immer noch einen Festnetzanschluss haben.

Alma geht dran.

»Hier Alma … hallo … Ja, hat sie … ja … Ja, natürlich … Ja … Super, ich sag ihr Bescheid … Ja. Ich bring sie hin.«

Während ich diesen Gesprächsfetzen zuhöre, spüre ich, wie mein Herz hämmert. Hat Theo angerufen?

Alma kommt herein.

»Das war Mama«, sagt sie und ich bin sofort enttäuscht. Ich war so sicher, dass er es war.

»Theos Mutter hat sie angerufen. Er lädt dich ein. Dann könnt ihr den Meteorregen in ihrem Garten sehen.«

Zu ihm nach Hause? Das hat er ja geschickt hingedreht!

Sofort taucht Johan in meinen Gedanken auf.

»Ich bring dich natürlich hin«, sagt Alma. »Er wohnt unten am Strand. So weit ist das gar nicht.«

Und damit ist es abgemacht. Es geht so schnell, da ist es unmöglich, Nein zu sagen. Wäre es ohnehin gewesen. Ich hatte ja ihn gefragt. Er hat nur die Regeln verändert.

»Mama holt dich gegen Mitternacht ab, wenn die Meteore durch sind.«

Theo wohnt in einem Reihenhaus so nah am Strand, dass wir Tang und Salz riechen, obwohl noch einige Straßen dazwischenliegen. Es weht ein kräftiger Wind. Ein Gruß des Herbstes, der jeden Tag ein wenig näher kommt.

Ich ziehe wieder meinen Rock gerade. Kann sehen, dass Alma das bemerkt, auch wenn sie nichts sagt. Warum bin ich so nervös? Es ist doch nur ein Meteorregen. Ich besuche nur einen Bekannten.

Johan ist in Berlin. Ich darf mich doch auch ein bisschen amüsieren, während er verreist ist, oder?

Theos Mutter, Lisbeth, öffnet die Tür. Ich erkenne sie vom Workshop her. Da hat sie viel mit Mama gesprochen.

»Hallo, Vega.« Sie umarmt mich, obwohl wir uns erst einmal gesehen haben. »Theo wartet im Garten, ich zeig dir den Weg.« Dann schaut sie Alma an.

»Wir passen gut auf sie auf. Grüß deine Mutter.«

Lisbeth führt mich durch das Haus. Es ist minimalistisch eingerichtet und die wenigen Ziergegenstände sind Designerstücke. Arm sind sie offenbar nicht, ein Haus so dicht beim Strand ist ja auch nicht billig.

Sie öffnet die Gartentür und im Garten wartet Theo. Er lächelt, als er mich sieht. Und ich erwidere das Lächeln, ohne überhaupt darüber nachzudenken. Es ist einfach so schön, dass jemand sich freut, mich zu sehen.

Theo hat im Garten Liegestühle aufgestellt. Sie stehen dicht an dicht, und dazwischen steht ein Korb mit Limodosen, kleinen Chipstüten und zwei Decken.

Theo macht eine Handbewegung, die ausgesprochen ungefähr klingen würde wie »Voilà«.

»Gut«, sage ich.

Wir lassen uns in die Liegestühle sinken, er reicht mir den Korb. Ich öffne eine Fanta und trinke einen Schluck.

Er nimmt sich auch eine. Ich lächele und dann schauen wir zum Himmel hoch.

Es gibt fast keine Wolken, deshalb zeichnen sich die Sterne klar am Himmel ab. Es ist, wie in ein großes leuchtendes Netz hochzuschauen. Ich finde den Großen Wagen, den Großen Bären und Cassiopeia.

Ich wühle in der Tasche und ziehe meinen kleinen Block heraus. Zeichne das charakteristische doppelte V der Cassiopeia. Papa hat gesagt, dass man hier die meisten Sternschnuppen sehen wird. Ich gebe Theo den Block.

Er nickt, schaut suchend auf und ich zeige ihm das W. Dann lächelt er, als die erste Sternschnuppe über den Himmel gleitet.

Ich zeige ein wenig nach rechts, wo eine etwas bleichere Sternschnuppe auftaucht. Und so sitzen wir dann schweigend da. Ich zähle fast fünfzig, bis ich meine Limo getrunken und eine Tüte Chips geleert habe, und dann strecke ich die Hand nach einer weiteren Fanta aus. Unsere Finger streifen einander.

Er zieht seine Hand zurück und nickt, wie um zu sagen, dass ich die Dose haben kann.

Ich öffne sie und trinke einen Schluck, dann gebe ich sie ihm zurück.

Er lächelt. Trinkt. Und die Limodose wandert zwischen uns hin und her, während wir auf immer neue Sternschnuppen zeigen.

Dann ist es Mitternacht. Die Zeit ist verflogen. Die Kometenreste sind verbrannt und die letzten Sternschnuppen jagen über den Himmel.

Ich kann das Auto hören, das vor dem Haus auf dem Kiesweg vorfährt. In wenigen Minuten wird Mama hier sein. Ein Blick auf Theo sagt mir, dass er es auch gehört hat.

Wir stehen beide auf. Sehen einander an und ich denke, dass das hier einer der schönsten Abende seit Langem war.

Er zeigt nach oben und ich sehe eine letzte, verspätete Sternschnuppe. Als ich wieder nach unten blicke, scheint Theo näher vor mir zu stehen. Und alles an diesem Augenblick sagt mir, dass jetzt der perfekte Kuss kommen könnte.

Aber ich strecke nur die Hand zu einem altmodischen Händedruck aus. Sorge für eine Distanz, die ich sofort bereue. Aber ich bin mit Johan zusammen, auch wenn er weg ist, weit weg in Berlin, und vergisst, mir Nachrichten zu schicken.

Die Verwunderung in Theos Augen ist deutlich, als er meine Hand nimmt und sie energisch drückt. Dann kommt Mama und die Distanz zwischen uns wird noch größer.

KAPITEL 10

TOTER STERN

Nachdem Johan bei mir gewesen war, kam Ida. Sie brachte scheußliche orange Blumen mit. Sie legte sie auf den Tisch und setzte sich zu mir. Sie schaute die anderen Blumen an und seufzte. Und ich hatte schon Angst, sie würde sich wie Johan auf die Suche nach einer Vase machen. Stattdessen sagte sie:

»Ich weiß schon, dass die abscheulich sind …« Sie spielte ein bisschen an dem Strauß herum.

Und da musste ich ein bisschen lächeln.

»Ja, entschuldige«, sagte Ida dann. »Ich hatte dir ja eigentlich eine Sonnenblume gekauft. Das ist so eine schön fröhliche Blume, aber ich durfte sie nicht mit reinbringen. Hast du gewusst, dass Topfblumen im Krankenhaus verboten sind? Nur Schnittblumen sind erlaubt. Das ist irgend so eine Hygienenummer …« Sie beugt sich weiter zu mir vor. »Das BEHAUPTEN sie wenigstens. Ich glaube eigentlich bloß, die wollen dich zwingen, in ihrem sauteuren Laden einzukaufen, wo sie einen Wucherpreis für scheußliche Depriblumen nehmen können.«

Sie grinste, und das steckte an und ich lachte zum ersten Mal seit dem Unfall.

Dann sprang sie auf und setzte sich zu mir aufs Bett.

»Das ist ja ein Mist, Vega«, sagte sie und legte den Arm

um mich. »Aber ich weiß, du kannst das schaffen. Du kannst alles schaffen.«

Und dann heulten wir beide los.

Heute Morgen regnet es. Ich sitze auf meiner Fensterbank. Die Regentropfen gleiten die Fensterscheibe hinunter, während ich auf die Stadt hinausblicke. Unten auf der Straße kommen Jugendliche angelaufen.

Ich kann sie schon aus der Ferne hören, sie rufen und lachen. Sie sind noch immer angetrunken.

»Und dann hat er ihn geschlagen«, sagt der eine.

»Das ist gelogen!«, sagen die anderen.

»Nein, er hat ihn wohl geschlagen.«

»Aber warum denn?«

»Der hat ihm die Freundin ausgespannt«, sagt ein Typ und grinst.

Ich beuge mich ein bisschen vor und sehe den Typen in der Mitte, der schnauft und sich den Ärmel vor die Nase hält. Sie laufen weiter.

Ich greife zum Telefon.

Gestern hat jemand versucht, mich zu küssen. Diese Mitteilung würde ich gern schicken. Direkt an Johan, nur um zu … um was zu tun? Ja, um ihm eine Reaktion zu entlocken. Egal welche. Denn ich habe den Eindruck, dass ihm das jetzt egal wäre. Er hat noch immer nicht angerufen oder geschrieben. Nichts.

Ich schaue hinunter auf die Straße. Und abermals habe ich das Gefühl, dass die Pflastersteine mich rufen. Als ob das schwache Klatschen der Regentropfen auf den Steinen meinen Namen flüstert.

Und ich blicke nach unten und denke, dass alles leichter wäre, wenn ich in dem Schwimmbecken gestorben wäre. Nicht für Mama, natürlich, oder für Alma. Aber für mich und Johan wäre es leichter …

Übermorgen kommen sie nach Hause. Ich denke an die Statusmeldungen, die Johan auf Facebook gepostet hat. Ich habe das Gefühl, zu sehen, wie er sich immer weiter von mir wegbewegt.

Heute will ich mein Profil aktualisieren, beschließe ich, und je mehr ich mir das überlege, umso wichtiger kommt es mir vor.

Ich muss immer wieder an Sterne denken. Sie sind tot, aber sie sind so weit weg, dass ihr Licht sich verspätet, und deshalb können wir sie noch immer sehen.

Bei meinem Profil soll das anders sein.

1. Schritt: Neues Profilbild.

Ich klopfe bei Alma an, aber sie brummt nur übellaunig als Antwort.

»Sie schläft«, sagt Mama.

Ich schaue auf die Uhr. Es ist fast elf.

»Sie war erst um vier zu Hause«, sagt Mama. »Und sie war so betrunken, dass sie kaum geradeaus laufen konnte.«

Ich grinse.

Aber Mama sieht verärgert aus. Sonst ist sie nicht so streng, aber Alma war offenbar wirklich dicht.

»Was wolltest du?«, fragt Mama.

»Bild«, sage ich und schwenke die Kamera.

Mama schaut mich fragend an.

»Bild«, wiederhole ich und zeige auf mich.

»Soll ich dich fotografieren?«, fragt sie.

Ich schüttele den Kopf. Ich will nicht gemein sein, aber Mama ist wirklich eine miese Fotografin. Ihre Urlaubsbilder sind immer verwackelt oder zu hell oder total verkehrt. Ich zeige auf Almas Zimmertür.

»Aber dann musst du warten, bis Alma wach ist.«

Drei Stunden später ziehe ich eine ziemlich erledigte Alma aus dem Haus. Sie wollte eigentlich nicht, aber Mama ließ ihr keine Ruhe.

»Du kannst deiner Schwester ja wohl mal helfen und ein bisschen frische Luft wird dir auch nur guttun.«

Wir gehen zum Strandpark. Früher sind wir hier Rollschuh gelaufen. Das scheint eine Ewigkeit her zu sein. Warum tun wir das jetzt nicht mehr? Warum haben wir damit aufgehört?

Ich denke nach, aber ich kann mich nicht erinnern, wann das letzte Mal war. Wann ich Alma zu meiner kleinen Schwester degradiert habe, die grundsätzlich nur eine Belastung und keine Freude ist. Jetzt ist es umgekehrt. Jetzt wird sie die ganze Zeit gedrängt, sich um mich zu kümmern.

»Fest gut?«, frage ich.

»Mhm«, sagt sie, und das klingt überhaupt nicht überzeugend.

Unten auf der Mole breite ich die Arme zu einer Titanic-Bewegung aus und nicke ihr zu.

Sie knipst los.

Ich lache. Ich weiß nicht, warum. Aber der Wind macht mich innerlich leicht. Ich komme mir vor wie tausend losfliegende Luftballons.

Und Alma knipst und knipst, und mir geht auf, dass wir vielleicht zum ersten Mal, seit ich krank geworden bin, losgegangen sind, weil ich Lust habe, und nicht, weil jemand das vorgeschlagen hat oder es zu irgendeinem Zeitplan gehört.

Und während wir hier stehen und Fotos machen, fühle ich mich ganz normal.

Danach setzen wir uns auf die Mole und lassen die Füße ins Wasser baumeln. So haben wir früher hier gesessen und über Träume und Jungen geredet. Über unsere Eltern und über die Entstehung des Universums.

Alma zeichnet mit dem Fuß Streifen ins Wasser und ich zeichne hinterher. »Danke«, flüstere ich dann.

Alma sieht mich an. Mit einem Blick, bei dem man so richtig das Gefühl hat, in den anderen Menschen hineinzusehen. Und plötzlich werden ihre Augen trübe.

»Was?«, flüstere ich.

Sie wischt sich die Augen. Ich strecke die Hand nach ihr aus, aber sie rutscht weg.

»Entschuldige«, sagt sie nur.

»Lucas?«, frage ich. Weil ich mir nicht so richtig vorstellen kann, was sie sonst so traurig machen könnte.

Sie gibt keine Antwort und wir sitzen einfach nur so da. Ich lege den Arm um sie. Es kommt mir komisch vor, aber sie wehrt sich nicht.

Ich möchte so gern etwas sagen, fragen, helfen, aber ich weiß nicht, wie.

Am Ende gehen wir nur nach Hause.

Alma verschwindet in ihrem Zimmer, und Mama hilft mir, mein neues Profilbild anzulegen.

Ich sehe das Foto lange an. Obwohl ich mich jeden Tag im Spiegel anschaue, bin ich doch irgendwie von diesem Anblick überrascht. Und ich erkenne denselben Schatten, den ich in Theo gesehen habe, nur eben in mir.

Plötzlich komme ich mir vor wie ein Stern draußen im Weltraum. Ein Planet, der bereits explodiert ist, der tot und verschwunden ist, aber das hat noch niemand bemerkt.

Ich bin wieder auf Facebook und sehe mir die vielen Bilder von der Klassenfahrt an. Auf Johans Profil gibt es noch immer keine Partyfotos. Er hütet sein Facebook-Profil wie einen Bonsaigarten.

Zum Glück posten die anderen jede Menge Bilder und markieren wie blöd, auch Johan, weil sie seine Facebook-Politik entweder nicht kennen oder weil sie ihnen egal ist.

Ich scrolle die Bilder vom Fest gestern durch, in dem

jämmerlichen Versuch, doch noch irgendwie ein kleiner Teil meiner Klasse 3 y und des Gymnasiums zu sein. Linda hat sich wieder die Haare schneiden lassen, Sashas Stil ist noch gewagter und Julia hat ein neues Tattoo.

Und dann sehe ich Johan. Er hat ein neues, rotes Hemd. Das steht ihm gut und Menschen stehen ihm auch gut. Er sieht hier irgendwie lebendiger aus, als wenn er mit mir zusammen ist.

Es gibt nur eine einzige Nahaufnahme von ihm. Ich will mehr sehen, also suche ich weiter. Aus unserer Klasse hat niemand etwas gepostet, aber unsere Parallelklasse, die 3 x, ist ebenfalls in Berlin, deshalb sehe ich auch bei denen nach. Unsere Klassen ziehen oft zusammen los. Und da tauchen auch schon Fotos auf, auf denen Leute aus der 3 y zu sehen sind.

Ich finde mehrere von Ida und einige von Anna und Jenny. Dann entdecke ich im Hintergrund Johan. Sehe ihn auf einem Bild etwas zu trinken kaufen. Auf den anderen unterhält er sich mit anderen Leuten. Er macht ein konzentriertes Gesicht, also kann ich mir denken, dass sie über Politik sprechen.

Durch sein Hemd ist er leicht zu finden. Das hier ist ein »Wo ist Johan«-Spiel, und auch wenn ich nur einen Arm oder einen halben Oberkörper finde, lohnt es sich. Ich kann seinem Leben aus der Ferne folgen.

Aber dann … das Bild ist ein bisschen unscharf. Im Vordergrund steht ein Mädchen, sie ist angetrunken und streckt der Kamera die Zunge heraus, deshalb reflektiert ihr Zungenpiercing das Licht auf der Aufnahme.

Doch hinter ihr im Gewimmel sehe ich das rote Hemd. Es drückte sich an ein Mädchen.

Sie küssen sich.

Ich kann das Gesicht der anderen nicht sehen, Zungenpiercings Haare sind im Weg.

Aber sie küssen sich. Mein Gehirn macht einen Kurzschluss. Ich starre und starre nur.

Johan. Mein Johan. Der eine andere küsst.

KAPITEL 11

BREITENGRADE

Nachdem Ida mich besucht hatte, dachte ich, dass auch noch viele andere kommen würden, aber besonders viele von meinen Freunden tauchten nicht auf. Vielleicht schreckte sie das ab, was Ida und Johan erzählt hatten. Vielleicht waren wir gar nicht so gut befreundet, wie ich gedacht hatte … Man hat viel Zeit zum Nachdenken, wenn man im Krankenhaus liegt.

Aber ich war nicht allein. Meine Eltern und Alma kamen jeden Tag. Und Ida und Johan alle zwei oder drei Tage.

Sie berichteten, was die Ärzte gesagt hatten, und erzählten, dass ich bald nach Hause kommen könnte. Danach lasen sie die Grüße auf meiner Facebookseite vor. Und ich ließ sie Antworten schreiben und danken.

Zwei Stunden sind vergangen, seit ich das Bild gesehen habe. Es kommt mir nicht so vor, aber die Zeitanzeige auf dem Computer lügt nicht. Ich habe das Bild gespeichert. Versucht, es zu vergrößern. Es heranzuzoomen, um einen Hinweis darauf zu bekommen, wer dieses Mädchen ist.

Ich wünschte, ich könnte die Hand ausstrecken und Zungenpiercings Haare zur Seite schieben, um die Schlampe sehen, mit der er zusammen ist. Ich wünschte, ich könnte ins Bild springen, in die Zeit, auf das Fest, und ihr und ihm eine scheuern.

Aber ich kann nur starren.

Sie trägt ein schwarzes Kleid. Mehr kann ich nicht sehen. Dass sie ein schwarzes Kleid trägt und darin dünn und attraktiv ist. Und dass sie meinen Freund küsst.

Nacheinander gehe ich alle Bilder durch, auf denen er markiert ist. Suche nach weiteren Beweisen. Plötzlich loggt sich Johan ein.

Ich zucke zusammen. Er ist online. Ich bin online. Wir sind nur wenige Klicks voneinander entfernt, ich habe das Gefühl, dass sich die Knochen um mein Herz zusammengezogen haben. Es zieht und drückt auf eine Weise, die ich einfach nicht ertragen kann.

Ich klicke mich zurück. Jetzt gibt es weniger Bilder, auf denen er verlinkt ist. Er hat angefangen, die Markierungen zu löschen. Ich sehe das Bild an, auf dem sie sich küssen.

Drei Sekunden später ist die Markierung verschwunden, drei Stunden später auch das Bild. Er hat Ulrikke aus der x überredet, es zu entfernen, um seine Spuren zu verwischen. Aber ganz gelingt ihm das nicht, denn ich habe das Bild gespeichert.

Ich habe das Gefühl, zu implodieren. Als ob es nicht schlimm genug wäre, dass er es getan hat. Jetzt will er es auch noch vertuschen. Ich habe das Gefühl, in ein schwarzes Loch gezogen zu werden. Er lügt, und wenn er jetzt lügt, wie oft hat er wohl schon gelogen?

Ich muss etwas tun, deshalb mache ich mich auf die Jagd nach dem Mädchen in dem schwarzen Kleid. So, wie ich nach der suche, die mich geschubst hat, scrolle ich jetzt alle Bilder von der Klassenreise durch, um das Kleid zu finden. Es ist viel leichter, als nach Händen und Ringen zu suchen. Ich brauche nur einige Klicks. Aber als ich ihr Bild finde, wünsche ich, ich hätte nicht gesucht.

Es ist Ida. Ida, die meinen Johan küsst.

Seit einer Stunde zerfetzt das Bild von Ida und Johan meine Gedanken. Das war kein schneller, oberflächlicher Huch-ich-war-blau-und-es-ist-einfach-so-passiert-Kuss. Nein, so wie sie sich geküsst haben … Das sah so vertraut aus.

Warum tun sie mir das an? Johan kann ich vielleicht verstehen. Er glaubt, dass er mich verloren hat. Er sehnt sich nach der alten Vega. Vielleicht wäre er gern mit einem Mädchen zusammen, das mit ihm sprechen kann. Diskutieren, seine wohlgesetzten Reden loben. Aber Ida … Ich begreife nicht, wie sie das über sich bringen konnte. Sie hat immer gesagt, es sei eine Todsünde, einer Freundin den Typen auszuspannen, und sie hat immer behauptet, dass ihr das niemals passieren könnte. Und dass sie es doch getan hat, ist das eine, aber sie hat ja auch noch gelogen … Mein Magen krampft sich zusammen, wenn ich an ihr Geburtstagsfest und das Gerede über ihren Knutschfleck denke. Jetzt habe ich eine unangenehm deutliche Ahnung, wer ihr den verpasst hatte.

Wie lange sind sie wohl schon zusammen? Und hat Ida deshalb aufgehört, mich zu besuchen? Hatte sie ein schlechtes Gewissen, und dachte sie, es könnte leichter werden, wenn sie mich nicht mehr besucht und meine Freundin spielt?

Und dass sie wirklich lieber wochenlang gelogen haben, als es mir zu sagen. Johan hat das sicher nicht über sich gebracht. Es verstößt gegen alle seine Prinzipien. Er war nicht nur untreu. Er hat seine kranke Freundin hintergangen ... Ich merke, wie der Zorn in mir auflodert. Er steckt mein Blut in Flammen und ich gehe auf Facebook und auf ihre Profilseiten und poste das Kussbild. Damit alle sehen können, was sie getan haben. Und damit sie sehen, dass ich es weiß ...

Ich hatte ein bisschen mit einer Reaktion gerechnet, aber es kommt keine, obwohl sie beide online sind und es einfach bemerkt haben müssen. Jetzt sitzen sie in Berlin und können den Rest ihres Aufenthaltes damit verbringen, sich zu überlegen, was sie tun wollen, wenn sie wieder zu Hause sind.

KAPITEL 12

IDIOT

Johan und Ida haben mich oft zusammen im Krankenhaus besucht. Damals habe ich nicht darüber nachgedacht. Es kam mir ganz natürlich vor. Wir waren immer viel zusammen. Wir drei. Es fing mit Paardates an, damals, als Ida noch mit Sebastian zusammen war. Und das lief so gut, dass wir einfach so weitergemacht haben, auch als Ida und Sebastian sich getrennt hatten.

Und im Krankenhaus war ich eigentlich erleichtert, weil Johan und Ida zusammen kamen, denn dann konnten die beiden das Gespräch in Gang halten. Und Ida konnte Johan und mich zum Lachen bringen, deshalb verschwand die Verlegenheit zwischen uns, und alles war fast wie früher.

»Ihr seid so niedlich«, sagte Ida immer, wenn Johan mich zum Abschied küsste.

»Du hast ein Glück, dass du ihn hast«, sagte sie dann, umarmte mich und flüsterte: »Ich hoffe, ich finde auch irgendwann so einen lieben Freund.«

Danach fuhren sie zusammen mit dem Bus nach Hause. Das war ja nicht weiter seltsam, aber es tut weh, daran zu denken, da ich nun weiß, dass alles so angefangen haben muss …

Das Interessanteste am Parlamentssender ist, dass mich jeder einzelne Politiker auf irgendeine Weise an Johan erinnern kann. Meine Gedanken sind total durchsetzt von ihm, und je mehr ich versuche, nicht an ihn zu denken, umso weniger kann ich es lassen. Ich habe alles, was ich von ihm bekommen habe, weggepackt. Ich versuche, mein Zimmer johanfrei zu machen, damit ich vorbereitet bin, wenn mein Leben das auch bald ist.

Heute kommen sie zurück und noch immer habe ich von ihm oder Ida kein Wort gehört. Mein Magen zieht sich zu einer stechenden Kugel zusammen, wenn ich an die beiden denke.

Das einzige andere, das meine Aufmerksamkeit fesseln kann, ist die Suche nach der »Schubserin«.

Ich gehe wieder die Bilder vom Fest durch. Zoome sie heran und vergrößere alle Hände, die ich finden kann.

Ich kann Karla ausschließen. Sie trägt keinen Ring. Victoria auch nicht, Ida wohl.

Das einzige Bild von ihr ist eines, auf dem sie den Arm um mich gelegt hat. Ich vergrößere es. Sehe den Ring. Den, den sie immer trägt und den sie von ihrer Oma geerbt hat. Jetzt hat Ida also sowohl einen Ring als auch ein Motiv.

Drei Stunden später fängt mein Handy an zu klingeln. Zuerst ist es Johan, dann Ida. Ich drücke beide weg. Als ob das, was sie getan haben, nicht gemein genug wäre! Jetzt wollen sie mich demütigen, indem sie es mir am Telefon erzählen, wo ich doch nichts dagegen sagen kann.

Einige Zeit darauf geht die Türklingel.

»Hallo?«, frage ich durch die Gegensprechanlage.

»Hier ist Johan …« Seine Stimme zerreißt alles in mir. Ich lege auf.

Ich weiß nicht, wie ich mich dafür entschuldigen könnte. Jetzt ist er hier und wir könnten es von Angesicht zu Angesicht erledigen, aber auch jetzt würde ich nur Wörterschlamm herausbringen.

Zwei Stunden darauf gehe ich mit Alma einkaufen. Nachdem Mama und sie das mit Johan entdeckt haben (es war schwer zu verbergen, weil ich nur noch herumgeheult habe), besteht Mutter noch energischer darauf, dass ich jeden Tag aus dem Haus gehe. Frische Luft und Sonnenschein seien gut gegen Liebeskummer, behauptet sie. Und nur, weil sie nicht »Depression« sagt, schlage ich nicht um mich.

Johan sitzt unten auf der Treppe vor der Haustür. Er schaut mich an und ich bleibe mitten auf der Treppe stehen. Nur das Glas der Tür trennt uns, und ich erstarre auf der Stelle, weil ich weiß, wenn ich auf ihn zugehe, ist es so weit. Dann macht er Schluss und alles ändert sich für immer.

Alma sieht mich an und öffnet die Tür. Sie sagt nichts, braucht nichts zu sagen. Ich weiß, dass es unvermeidlich ist. So wie die Planeten ist auch unsere Beziehung in ihrer Bahn eingesperrt. Und zum Untergang bestimmt.

Ich greife zur Türklinke.

»Ich gehe schon mal vor«, sagt Alma und läuft los. Ich schaue ihr hinterher, dann lasse ich mich neben Johan auf die Treppenstufe sinken.

»Vega, ich …«

Ich sehe ihn nicht an. Ich spüre nur, wie sich mein Inneres zu einem großen schwarzen Loch zusammenzieht. Ich würde gern schreien, dass er es zum Teufel doch nicht hier und jetzt tun darf. Nicht, wenn ich nicht antworten kann. Dass das hier nur einer seiner Monologe wird. Fuck, wie satt ich die habe!

»Es tut mir wirklich leid«, sagt er. »Du musst mir glauben, wenn ich sage, dass wir das nicht so wollten …«

Er versucht, meinen Blick einzufangen, aber den richte ich fest auf den Asphalt. Mustere jede unebene Stelle.

»Als du krank geworden bist …«, fängt er an. Ich schaue ihn so wütend an, dass er mitten im Satz verstummt. Wie kann er es bloß wagen, hier meine Krankheit hereinzuziehen!

»Es hat mir so leidgetan und Ida ging es auch so. Wir mussten mit jemandem reden können, und je mehr wir geredet haben …«

Ich würde mir gern die Finger in die Ohren bohren. Warum glaubt er, dass ich das wissen will? Hören will, wie meine Krankheit sie zusammengebracht hat?

»Kannst du mir verzeihen?« Seine Stimme zittert.

Ich schlinge die Arme um meinen Körper.

»Nein«, sage ich dann.

In ihm erlischt etwas. Brennt aus, und ich weiß, obwohl

er an allem hier schuld ist, hat meine Antwort ihn zutiefst verletzt. Einen Riss in das perfekte Äußere geschrammt, das er mit solcher Mühe pflegt.

»Ich hoffe, wir können immer noch …«

Ich schüttele den Kopf. Wir können nicht gute Freunde sein.

»Vega, ich bin wirklich, wirklich …«

»Geh«, sage ich nur.

»Aber …«

»Geh!«

Er steht auf. Schwankend fast.

»Entschuldige«, sagt er noch einmal.

Ich wende mich ab und er geht los. Ich sehe, wie er verschwindet. Ich bleibe auf der Treppe sitzen, bis Alma zurückkommt. Ich habe keine Lust, jemals wieder aufzustehen. Will nur sitzen bleiben und wie eine Statue mit dem Stein verwachsen, als ewige Erinnerung daran, dass gerade hier unsere Beziehung gestorben ist. Hier habe ich meine beste Freundin und meinen Freund am selben Tag verloren.

Alma ist wieder da. Sie setzt sich neben mich und legt den Arm um mich. Ihr Kopf ruht an meinem. Aber ich weine nicht. Ich lausche nur auf ihren Herzschlag.

»Komm«, sagt sie dann und nimmt meine Hand. Sie zieht mich zum Supermarkt. Füllt den Korb mit Eis und Schokolade.

Und dann verbringen wir den restlichen Tag im Bett

und mampfen das Eis und lassen eine Fernsehserie nach der anderen laufen.

»Der ist ein Idiot«, sagt Alma in regelmäßigen Abständen und zur Antwort nicke und flenne ich abwechselnd.

Nach ungefähr zwanzig Malen sehe ich sie an.

»Lucas?«, frage ich.

Sie zuckte nur mit den Schultern.

»Warum?«, frage ich.

Sie seufzt ausgiebig.

»Er hat gesagt, ich hätte mich verändert«, sagt sie dann.

»Wie?«, frage ich.

Sie zuckt noch einmal mit den Schultern, aber ihre Augen füllen sich mit Tränen.

Ich streichele ihren Arm. Sie holt tief Luft.

»Ich habe mich wirklich verändert«, flüstert sie dann. »Aber ich dachte, er könnte mich trotzdem noch lieben.«

»Idiot«, sage ich.

Als Alma in ihr Zimmer gegangen ist, überlege ich mir, was sie mir erzählt hat. Sie hat sich verändert. Ich mich auch. Meine Gehirnblutung hat alles geändert. Uns geändert. Und vielleicht liegt es daran, dass Johan und Lucas uns nicht mehr wollen. Vielleicht wäre es trotzdem passiert. Ich weiß es nicht. Weiß nur, dass man nicht rückwärtsgehen kann. Ich logge mich bei Facebook ein. Gehe zu meinem Profil und gebe bei Beziehungsstatus »Single« ein.

Es brennt und schmerzt, aber ich kann es nicht ertragen, die Lüge auch nur eine Sekunde länger leben zu lassen. Sie haben es alle gewusst. Haben Johan und Ida bestimmt bei den Festen gesehen. Alle haben es gewusst und niemand hat etwas gesagt.

Theo stupst mich an, und ich weiß, dass er die Veränderung in meinem Status gesehen hat. Ich aktiviere Skype und wir starren einander an.

Er lächelt mich traurig an und ich gebe das traurige Lächeln zurück.

Dann hebt er die Hand an den Kopf und tippt sich mit dem Zeigefinger an die Schläfe.

Ich nicke.

Johan ist verrückt. Ein Idiot. Dennoch fange ich schon wieder an zu weinen.

KAPITEL 13

SIEBZEHN TAGE

Als ich noch im Krankenhaus war, habe ich versucht, Ida zu fragen, warum Johan manchmal so weit weg zu sein schien.

»Er hat nur so viel …«, fing sie an. »Also, er hat ein bisschen das Gefühl, dass es seine Schuld war …«

Seine Schuld? Ich bewegte die Hände, damit sie mir das genauer erklärte.

»Ja, also, weil er vorgeschlagen hat, das Sommerfest in Annas Haus abzuhalten. Sonst …« Sie verstummte. Was, wenn wir das Fest in einer Turnhalle veranstaltet hätten? Was, wenn es kein Becken gegeben hätte, in das ich fallen konnte?

Mein Kopf war rund um die Uhr mit solchen Gedanken beschäftigt, als es passiert war. Aber ich hatte doch nie gedacht, dass es Johans Schuld sei. Ich wusste ja, dass er als Klassensprecher mit ausgesucht hatte, wo das Fest stattfinden sollte. Und ich wusste auch, dass er sich sehr für Annas Sommerhaus eingesetzt hatte. Aber Ida und ich und alle anderen in der Klasse waren ebenfalls dafür gewesen, weil es einfach so fantastisch wäre, beim Sommerfest baden zu können.

»Nicht seine«, sagte ich und brachte nicht mehr heraus.

»Nein«, sagte Ida. »Das habe ich ihm auch schon tau-

sendmal gesagt, aber wenn nicht einmal der Psychologe ihm das klarmachen kann.«

»Der Psychologe?«, fragte ich und sah aus wie ein riesiges Fragezeichen.

»Ja, sein Psychologe«, sagte Ida und machte fast so ein verwirrtes Gesicht wie ich. »Himmel, hat er dir das nicht erzählt?«

Ich schüttelte den Kopf.

»Dann hätte ich doch nicht …« Sie sah total verzweifelt aus. »Ich dachte, du weißt das. Er geht seit dem Unfall in Therapie … du weißt schon, um das zu bearbeiten.«

Ich weiß noch, dass ich verletzt war, weil er mir nichts gesagt hatte, aber ich hatte ihm sofort verziehen. Das alles war ja auch für ihn schwer, und es war gut, dass er mit jemandem reden konnte, dachte ich. Jetzt weiß ich, dass es nicht das Einzige war, was er mir nicht gesagt hat.

Am nächsten Tag geht die Türklingel. Alma macht auf. Sie ist heute zu Hause. Sie hat Mama gesagt, sie hätten einen Studientag, aber ich konnte sehen, dass das gelogen war. Das gehört zu den Dingen, die mir durch meine Krankheit leichter fallen: zu hören, wann jemand lügt. Vielleicht liegt es daran, dass ich jetzt immer zuhören muss, und da entdecke ich die vielen kleinen Nuancen in den Stimmen der anderen.

Alma schaut zur Tür herein.

»Das ist Ida«, sagt sie.

Es verschlägt mir den Atem. Ich spüre, wie alle Energie

aus mir hinausströmt. Ja, Ida war eine, die ich nicht deuten konnte. Bei Johan hatte ich meinen Verdacht, aber nie bei Ida.

»Soll ich sie wegschicken?«, fragt Alma.

Ich nicke.

Alma geht wieder zur Gegensprechanlage.

»Sie will dich nicht sehen«, sagt Alma. »Ja, was glaubst du wohl, weshalb?« Ihre Stimme wird schrill. »Nein, du sollst nicht wieder vorbeikommen … nein … sie will dich nicht sehen, kapier das doch endlich!«

Ich stehe auf und nehme Alma die Sprechmuschel weg.

»Geh«, sage ich.

»Vega?« Idas Stimme klingt einfach elend.

»Geh«, wiederhole ich.

»Bitte, lass mich raufkommen, Vega.«

»Nein«, sage ich.

»Aber du bist doch meine beste Freundin. Wir schaffen das hier.«

»Nein«, sage ich nur.

»Es tut mir so leid, Vega.« Von ihrer Stimme wird mir schlecht, und ich reiche die Sprechmuschel an Alma zurück.

»Du hast Vega gehört – hau ab«, sagt Alma.

Ich gehe in mein Zimmer und klettere auf die Fensterbank. Ich beuge mich ein wenig vor und schaue auf Ida hinunter. Sie blickt hoch, aber sie kann mich nicht sehen. Sie bleibt noch eine Weile stehen. Verwirrt, verzweifelt, dann läuft sie los. Sie sieht erbärmlich aus. Und darüber freue ich mich. Freue mich darüber, dass ich nicht die Einzige bin, die durch das alles zerstört worden ist.

Die nächsten Tage schleppen sich dahin. Jetzt ist es siebzehn Tage her, dass ich mit Johan Schluss gemacht habe. Siebzehn Tage. Es kommt mir vor wie eine Ewigkeit und jeden Tag heule ich wieder los. Ida hat einmal gesagt, dass man mit einem Typen erst richtig fertig ist, wenn man nicht mehr die Tage zählt, seit man Schluss gemacht hat. Mein Weg ist also noch lang. Und wie ist es mit Ida – wie wird man damit fertig, die beste Freundin verloren zu haben?

Theo gibt sich alle Mühe, um mich aufzumuntern. Jeden Tag schickt er mir ein neues Lied. Heute ist es »Smile« von Michael Jackson. Ein bisschen kitschig, aber es bringt mich doch zum Lächeln. Und ich muss an den Abend unter dem Meteorregen denken. An den Augenblick, der perfekt für den ersten Kuss gewesen wäre, wenn es Johan nicht gegeben hätte …

An diesem Abend rede ich mit Theo über Beziehungen. Ich versuche, ihn nach Ea zu fragen, danach, warum zwischen ihnen Schluss war. Er schaut weg, doch ich sehe einen Rest von Trauer.

»Nicht warten«, sagt er nur.

Ich beiße mir auf die Lippe. Sie wollte nicht darauf warten, dass er wieder gesund wird. In meiner Brust brennt es.

»Idiotin«, sage ich.

»Du?«, fragt er. Er hat schon früher gefragt, aber ich habe immer den Kopf geschüttelt.

Ich kann es nicht ertragen, es zu sagen, deshalb schicke ich ihm nur einen Link. Justin Timberlake: »Cry me a river«, das Lied, das er geschrieben hat, wie alle wissen, als Britney Spears ihn hintergangen hatte.

»Das tut mir leid«, sagt Theo.

Ich nicke, dann strömen die Tränen doch wieder. Und so sitzen wir hier, zwei mit Gehirnschaden, zwei, die beide fallengelassen worden sind. Man kann ja viel über Johan sagen, aber irgendwie hat er doch auf mich gewartet. Und ich hatte mich auf den Tag gefreut, an dem ich wieder gesund sein würde und an dem unsere Beziehung wieder normal wäre. Ich hätte alles getan, um ihm zu zeigen, wie dankbar ich war, weil er gewartet hatte. Aber jetzt wünschte ich eigentlich, er hätte nicht gewartet. Es wäre mir lieber gewesen, er hätte Schluss gemacht, statt mich zu betrügen. Denn dann wäre doch immer noch Ida meine Freundin.

Aber er hat es damals wohl nicht gewusst? Weiß man, wann man jemandem untreu werden wird? Und als es passiert ist, konnte sein Ego die Vorstellung nicht ertragen, dass er eine Kranke verlassen würde.

KAPITEL 14

EIN SONNENSYSTEM AUS BILDERN

Johan ging nicht als Einziger in Therapie. Ich habe auch mit einer Psychologin gesprochen … na ja, nicht gerade gesprochen … Es war eine Art umgekehrtes Therapiegespräch, weil ja vor allem sie reden musste. Sie malte mir verschiedene Szenarien aus, und ich konnte nicken oder den Kopf schütteln. Sie wollte über meine Gefühle sprechen.

Ich konnte ihr erklären, dass ich immer wieder vom Ertrinken träumte.

Sie meinte, es könnte mir guttun, zum Sommerhaus zu fahren und das Schwimmbecken zu sehen. Dass ich meiner Angst in die Augen schauen sollte.

Nachdem meine Mutter mit Annas Eltern gesprochen hatte, bekam sie den Schlüssel und fuhr mit mir und Alma zum Sommerhaus. Es war leer, als wir dort ankamen. Anna hatte sicher keine Lust gehabt, dabei zu sein.

Es war seltsam, im Haus zu stehen. Als ich es zuletzt gesehen hatte, war es mit Drinks, Musik und jeder Menge junger Leute in wilden Verkleidungen gefüllt gewesen.

Dann öffneten wir die Terrassentür und gingen hinaus. Die Sonne spiegelte sich im stillen Wasser des Schwimmbeckens. Und ich spürte einen Kloß im Hals, als wir an den Beckenrand traten.

Mama nahm mich in den Arm und streichelte mich, während ich ins Wasser starrte.

»Sie meinten, dass du hier gestanden haben musst«, sagte Mama. »Und dann bist du ausgerutscht.« Sie zeigte auf die Kante. »Du bist ins Wasser gefallen, und weil du rückwärts gefallen bist, konntest du dich nicht abstützen …« Mamas Stimme zitterte.

»Mama, muss das sein?«, fragte Alma, die neben mir stand und leichenblass geworden war.

»Ja«, sagte Mama. »Die Psychologin sagt, das tut uns gut.« Sie räusperte sich.

»Das Becken war nur halb voll, und du bist mit dem Hinterkopf auf den Boden aufgeschlagen und hast das Bewusstsein verloren«, sagte Mama jetzt und ich merkte, wie mir die Tränen in die Augen stiegen.

»Du lagst wohl einige Minuten unter Wasser, bis Johan dich raufgeholt hat.«

Ich schluchzte jetzt. Und Alma wandte sich ab, als ob sie den Anblick des Beckens nicht mehr ertragen könnte. Obwohl auch Mamas Stimme nun nach Weinen klang, redete sie weiter.

»Johan hat dich hier auf die Fliesen gelegt. Er hat Wiederbelebungsversuche gestartet und inzwischen wurde ein Rettungswagen alarmiert.«

Alma ging zurück ins Haus.

»Der brauchte zehn Minuten bis zum Haus«, sagte Mama. »Als sie dann da waren, haben sie die Wiederbelebungsversuche übernommen. Sie haben dich kurz zu Be-

wusstsein gebracht, du hast sehr viel Wasser ausgehustet, aber dann ist dein Herz wieder stehen geblieben … im Rettungswagen haben sie es dann immer weiter versucht …«

Ich habe alle Bilder vom Fest an die Wand gehängt. Habe Kreise um jedes Mädchen gezeichnet, das einen Ring trägt. Ich habe auch Bilder aus der Umgebung des Beckens gefunden. Bilder vom Tatort. Und welche von mir, als ich aus dem Becken gefischt wurde, und vom Rettungswagen, der mich wegbringt. (Unglaublich, was manche Leute so fotografieren!)

Sämtliche Fotos bilden zusammen ein riesiges Sonnensystem, und in diesem Sonnensystem liegt irgendwo die Antwort versteckt. Ich habe noch immer viele Bilder nicht aufgehängt, und ich musste erst die Plakate von der Wand nehmen, um Platz zu schaffen. Aber wenn erst alles hängt, kann es mir vielleicht den Überblick verschaffen, den ich suche.

Ich schaue mich an der Wand um und mein Blick fällt auf ein bestimmtes Bild.

Und zwar auf das, auf dem sie mich aus dem Wasser ziehen. Ich bin leichenblass. Sehe aus wie eine unheimliche Ausgabe von Schneewittchen, so, wie ich daliege. Und Johan steht über mir wie der Prinz, für den ich ihn gehalten habe. Ich schneide Johan heraus. Ich brauche ihn nicht im Beweismaterial. Aber die anderen Bilder bleiben hängen. Ich sehe die Mädchen an, die ich für meine Freundinnen hielt, die jetzt aber nur noch Verdächtige sind. In der Mitte steht Ida.

Als Alma nach Hause kommt und sieht, was ich mache, runzelt sie heftig die Stirn. Und das sagt mir, dass Mama ihr von meinen Überlegungen über die Schubserin erzählt hat und dass sie wie Mama und Ida glaubt, dass ich so langsam den Verstand verliere.

»Was ist das?«, fragt sie. Ihre Stimme klingt fast aufgesetzt ruhig, als wollte sie sich daran erinnern, dass es sicher eine logische Erklärung dafür gibt.

Ich zeige auf ein Bild, auf dem man das Becken sehen kann, dann zeige ich auf mich und sage: »Schubsen.«

Alma beißt sich auf die Lippe, und ich weiß, dass es leichter wäre, wenn ich einfach gelogen hätte. Aber was hätte ich sagen sollen? Wie hätte ich sonst die vielen Bilder erklären können? Und in dem ganzen Chaos mit Johan muss ich einfach an etwas anderes denken.

Almas Blick jagt über die vielen Bilder und dann zu dem Stapel von denen, die ich noch nicht aufgehängt habe.

»Das war ein Unfall, Vega«, sagt sie und klingt wie eine Kopie von Mama. »Du bist gefallen.«

Ich schüttele den Kopf.

»Schubsen«, sage ich.

»Nein, du bist gefallen. GEFALLEN, verstehst du?« Sie wird lauter.

»Nein«, sage ich.

Alma ringt die Hände.

»Hör jetzt auf, Vega«, sagt sie mit Tränen in den Augen.

Ich schüttele den Kopf.

»Das ist nicht gut für dich. Ich kann ja verstehen, dass du wütend bist, aber …«

Ich höre ihr zu und klebe nur noch ein Bild an die Wand, doch als ich gerade das Klebeband durchbeiße, fängt Alma an, die anderen Bilder herunterzureißen.

»Stopp!«, sage ich.

»Ich tu das deinetwegen«, sagt sie. »Du machst dich doch verrückt!« Sie reißt noch ein Bild von der Wand.

»Stopp!« Ich packe ihre Hand.

»Lass das doch«, bittet sie. »Davon wirst du nicht gesund.«

»Geh«, sage ich nur und lasse sie los.

Sie steht mit Tränen in den Augen vor mir und will sich gerade umdrehen und gehen, da blitzen ihre Augen auf, und sie reißt noch ein Bild herunter. Und noch eins.

»Stopp! STOPP! STOPP!«, schreie ich und packe sie, aber sie macht immer weiter.

Und weil ich nicht weiß, was ich sonst tun soll, hebe ich die Hand und schlage sie. Ich treffe sie mitten auf der Wange und mit solcher Kraft, dass sie gegen die Wand taumelt.

Die Hand brennt von dem Schlag. Alma schaut mich zuerst geschockt an, dann macht sie kehrt und stürzt davon.

Ich hätte sie nicht schlagen dürfen. Jetzt sitze ich hier und versuche, die Bilder, die sie zerfetzt hat, wieder zusammenzukleben. Ich hänge sie wieder an die Wand. Aber bei jedem Bild, das ich anbringe, kann ich Alma besser verstehen. Es ist ein schwachsinniger Versuch. Wie bei einem Serienmörder oder so. Ich dachte, es würde aussehen wie die Ermittlungstafel bei einer polizeilichen Untersuchung, aber in Almas (und sicher auch in Mamas) Augen macht es einen ganz anderen Eindruck.

Papa meldet sich per Skype. Ich habe keine Lust, mit ihm zu reden, aber das letzte Mal ist lange her, und ich weiß nicht, wann er sich wieder melden wird.

»Hallo, Sternchen«, sagt er.

»Hallo«, sage ich.

Er schluckt.

»Alma …« Der Rest des Satzes verschwindet. Ich würde am liebsten sofort ausschalten. Dass sie ihn nun auch noch hereingezogen hat! Das ist so megafies. Wir haben Papa aus unseren Streitereien immer herausgehalten. Es hat doch keinen Sinn, wo er so lange weg ist. Zwischen Alma und mir musste immer Mama vermitteln.

Papa wartet auf eine Antwort, aber ich habe nicht einmal gehört, was er gefragt hat, und da redet er weiter.

»Manchmal, wenn das Teleskop neue Bilder liefert, wollen wir so dringend etwas finden, dass wir die Bilder falsch deuten.« Sein Blick bohrt sich in meinen.

Ich antworte noch immer nicht.

»Die Messwerte können ganz unterschiedlich interpretiert werden, und wenn man etwas Bestimmtes sehen will, kann man auch etwas finden, das so aussieht. Aber wenn man dann weitere Untersuchungen anstellt, entdeckt man, dass es nie etwas gegeben hat … verstehst du das?«

Ich wende mich einfach ab.

»Alma sagt, du versuchst herauszufinden, was passiert ist, als du ausgerutscht bist.«

Ich nicke.

»Das kann ich gut verstehen. Das kann ich wirklich, Schatz. Es wäre so schön, jemanden zu finden, dem wir für alles die Schuld geben könnten. Das wäre es …« Etwas liegt in seinem Blick, das mir sagt, dass er nicht gleichgültig ist, auch wenn er viele Tausend Kilometer weit weg ist, dass meine Krankheit auch ihn geprägt hat.

»Aber die Polizei ist der Sache doch nachgegangen. Es war nass, du warst angetrunken, und du bist ausgerutscht. Das ist passiert.«

Ich schlucke nur.

»Du kannst gern suchen«, sagt Papa. »Aber pass auf, dass du dabei nicht blind wirst.«

Am Abend nehme ich die Bilder von der Wand. Nicht, weil ich aufgegeben habe, sondern damit Mama und Alma mich in Ruhe lassen. Dann lege ich die Bilder in einen Karton und nehme mir vor, sie nur anzusehen, wenn ich allein bin, und sie vor den beiden nicht mehr zu erwähnen. Papa hat recht, man darf sich nicht blind starren, und das habe ich auch nicht vor. Aber Mama und Alma haben sich blind gestarrt. Sie sind so sicher, dass ich mich irre, dass sie blind sind. Und ich will wirklich nicht, dass sie noch weiter durchdrehen.

KAPITEL 15

IM ZOO

Im Krankenhaus dachte ich fast nur daran, wann ich nach Hause dürfte. Ich konnte das Krankenhaus nicht mehr ertragen. Vor allem nicht den Geruch, diese Mischung aus Krankheit, Tod, Reinigungsmitteln und Plastikhandschuhen. Und ich konnte die Krankenhauswäsche nicht ertragen, die kratzte und sich total falsch anfühlte. Und am allerwenigsten konnte ich die Nächte ertragen. Das Geräusch von Schritten auf dem Gang, wenn sie bei den Patienten nachsahen, oder schlimmer noch: laufende Schuhe, wenn eine Krise herrschte.

Dennoch war es entsetzlich, entlassen zu werden. Ich hatte geglaubt, ich würde das Krankenhaus hocherhobenen Hauptes und mit strahlendem Lächeln verlassen, nachdem ich allen gedankt hatte, die mir beim Gesundwerden geholfen hatten. Aber ich ging gestützt auf meine Mutter, ohne richtige Sprache, und mit dem Bescheid, dass der Rest durch Training erreicht werden müsse.

In den folgenden Wochen herrscht zwischen Alma und mir eine angespannte Stimmung. Und dabei habe ich doch um Entschuldigung gebeten. Ich glaube nicht, dass sie wütend ist. Sie ist nur traurig, weil ihre Schwester ihrer Ansicht nach den Verstand verloren hat.

Meine Ermittlungen sind ein bisschen ins Stocken geraten. Ich ertrinke in Verdächtigen, und ich weiß nicht, wie ich die sortieren soll. Ich fürchte schon, dass ich die Sache niemals aufklären werde.

Eine Woche danach schickt Theo mir einen Link zum Zoo. Dann ruft er mich per Skype an.

»Willst du mit?«, fragt er.

Und hier, auf Skype, gibt es keine Bedenkzeit. Hier gilt nur Ja oder Nein.

»Ja«, sage ich.

»Heute um elf. Ich hol dich ab …« Er hat den letzten Satz geübt, das kann ich hören.

»Gut«, sage ich.

»Bis dann«, sagt er.

»Dann.«

Er loggt sich aus. Und ich habe die eine Frage nicht stellen können, die meine Gedanken erfüllt: Ist das hier ein Date? Ich habe vor anderthalb Monaten mit Johan Schluss gemacht und bin bestimmt noch nicht bereit für ein Date. Dennoch habe ich ein paar Schmetterlinge im Bauch. Die bloße Vorstellung, das Johan-Tief verlassen zu können, ist verlockend. Aber ein Date … Denn das ist es doch wohl. Er weiß, dass ich jetzt Single bin, und er hat gesagt: Ich hol dich ab.

Ich seufze. Ich mag Theo gern, aber ich denke noch immer dauernd an Johan.

Ich erinnere mich an unsere erste Begegnung. Das war auf einem Fest. Es war spät und alle waren beschwipst. Er war der erste Junge, der mich nicht schon nach fünf Minuten angrabschte. Nein, Johan fragte mich, wen ich mit achtzehn wählen wollte. Damals war ich in der ersten Gymnasiumsklasse, und achtzehn kam mir endlos weit weg vor, deshalb sagte ich nur, die rotgrüne Einheitsliste, denn das sagten auch die meisten anderen.

Für Johan war das die absolut perfekte Antwort, und er fing mit einem Vortrag über die Grundschule an und dass wir für bessere Lehrerausbildung sorgen müssten. Da konnte ich ihm zustimmen und unser Gespräch entwickelte sich zu einer Sammlung von Schauergeschichten über entsetzliche und hoffnungslose Lehrkräfte. Von Thorsten, dessen Mundgeruch eine kleine Nerzfarm in Ohnmacht fallen lassen konnte, bis zur peinlichen Ulrikke, die unbedingt für alle Mädchen in der Klasse ein Menstruationstagebuch führen wollte und sagte, wir sollten in jeder Stunde zehn Minuten über den Zyklus jeder einzelnen Schülerin reden.

Johan erzählte von Sigurd, einem Mathelehrer, der so in seine Tafel verliebt war, dass er der Klasse die ganze Stunde lang den Rücken zudrehte und nur Gleichungen an die Tafel schrieb, die er dann sofort selbst löste, wenn nicht innerhalb der ersten beiden Minuten jemand laut die Antwort rief.

Ich wünschte, ich könnte so mit Theo sprechen. Ich wüsste gern, wie er ist, wenn er erzählt. Ob er einfach drauflosredet oder ob er eher still und zurückhaltend ist. Und ich wüsste gern, worüber er sprechen würde. Ob er einen Witz nach dem anderen reißt, über Philosophie oder nur über Fernsehsendungen redet. Aber derzeit kommunizieren Theo und ich durch Bilder, und vor allem reden wir über mich und meine Jagd auf die »Schubserin«.

Nachdem ich mit Theo gesprochen habe, kommt jetzt die Herausforderung, Mama und Alma klarzumachen, dass ich weggehe. Also muss ich von meinem Vielleicht-Date erzählen, was sie überhaupt nichts angeht, und ich weiß auch nicht, was Mama dazu sagen wird. Sie hatte Johan so gern, und in ihren Versuchen, mich zu trösten, hat sie immer wieder gesagt, dass wir ja vielleicht wieder zusammenkommen werden, wenn ich erst wieder gesund bin. Ich weiß nicht, warum sie nicht begreifen kann, dass ich:

a) keinen Freund will, der mich nur haben will, wenn ich gesund bin.

b) keinen Freund haben will, der mich mit meiner besten Freundin hintergeht.

Mama sitzt in ihrem Arbeitszimmer und schreibt. Sie hat endlich ihre Schreibblockade überwunden. Als sie mich sieht, klappt sie ihren Laptop zu.

»Hallo, Schatz«, sagt sie.

»Hallo«, antworte ich, gehe zu ihr und lege den Zeichenblock neben sie.

Sie weiß, was das bedeutet. Wenn ich den Block bringe,

will ich etwas mitteilen. Ich bringe einen Block oder das Bilderbuch, aber da es darin keine Elefanten oder Giraffen gibt, muss es der Block sein.

Ich fange an zu zeichnen. Das war noch nie meine starke Seite und der Unfall hat es nicht besser gemacht. Ich würde gern eine Giraffe zeichnen, aber auf halber Strecke sehe ich ein, dass sie eher aussieht wie ein Pferd, deshalb verpasse ich ihm Streifen.

»Ein Pferd?«, fragt Mama.

Ich schüttele den Kopf. Zeichne noch mehr Streifen.

»Zebra?«

Ich nicke.

»Willst du fernsehen? Etwas auf Animal Planet?«

Ich schüttele wieder den Kopf.

»Ist es ein Kleidungsstück, das du nicht finden kannst?«

»Nein.« Mama vergisst offenbar, dass Alma hier die Einzige ist, die in Klamotten mit Zebrastreifen durch die Gegend laufen würde.

»Dann weiß ich es auch nicht«, sagt Mama. »Kannst du noch mehr zeichnen?«

Ich seufze, mache aber einen Versuch. Zeichne etwas, das ein Elefant sein soll, das aber wie etwas ganz, ganz anderes aussieht. Etwas, das eigentlich kein Kind für seine Mutter zeichnen würde.

Mama macht deshalb auch ein etwas seltsames Gesicht.

»Alma«, ruft sie dann. »Kannst du mal kurz kommen?«

»Was?«

»Komm doch einfach.«

Kurz darauf erscheint Alma schlecht gelaunt.

»Kannst du erkennen, was Vega da gezeichnet hat?«

Alma dreht mein Werk ein bisschen hin und her.

»Ein Zebra und einen Elefanten?«, fragt sie dann.

»Ja«, sage ich.

»Ach, das ist ein Elefant«, sagt Mama erleichtert. »Willst du Animal Planet sehen?«

»Nein«, sage ich.

»Nein«, sagt Mama. »Das dachte ich auch.«

»Was denn? Zoo?«

»Ja!«, sage ich begeistert.

Und die nächste Herausforderung besteht darin, ihnen klarzumachen, dass ich sie nicht mit in den Zoo schleifen will, sondern schon eine Verabredung habe. Und als sie das begreifen, wechseln sie einen vielsagenden Blick.

»Wie schön, dass du dich so gut mit Theo verstehst«, sagt dann Mama. »Ich habe mich einige Male mit seiner Mutter getroffen. Die ist wirklich sympathisch.«

Ich nicke nur kurz. Ich weiß ja, dass sie sich mit den Eltern aus dem Workshop trifft. Das ist auch gut so – dann haben wir beide etwas davon. Aber das würde ich nie im Leben zugeben.

»Und übrigens …«, sagt Mama jetzt und sie klingt nervös, deshalb höre ich genau zu. »Ich muss mit euch über etwas reden.« Sie sagt »euch«, aber sie sieht nur mich an.

»Was?«, frage ich.

»Ich habe ja wieder mit Schreiben angefangen«, sagt Mama.

Alma nickt.

»Ja, das haben wir bemerkt«, sagt sie mit einem kleinen Lächeln, denn es wäre schwer, das dauernde Tastenklicken aus Mamas Arbeitszimmer zu überhören.

»Es wird eine Sammlung von Geschichten …«, sagt sie und schielt immer noch in meine Richtung, auf eine Weise, die mich alles erraten lässt, noch ehe sie es sagt. »Von Eltern mit Kindern mit Gehirnschäden. Ich will unsere Geschichte erzählen. Und andere, eben auch Theos Mutter, ihre erzählen lassen.«

Ich schlucke, aber die Spucke scheint nicht nach unten zu wollen. Als ob etwas meine Kehle verstopft und versucht, mich zu ersticken. Sie schreibt ein Buch über mich! Oder nicht nur über mich, sondern auch über Theo und andere wie uns.

»Okay …?«, sagt Alma, Auch sie schielt zu mir herüber. Mama schreibt sonst nicht über die Familie oder über Dinge, die »uns zu nahe kommen« (ihre Worte). Sie meint eigentlich, dass eine GEWISSE Distanz sein muss. Das hat sie jedenfalls immer zu Alma gesagt, als diese unbedingt wollte, dass Mama über Almas Theaterstücke schrieb, damit sie mehr Publikum hätten. Mama hat immer abgelehnt, auch wenn Alma stundenlang herumgeschrien hat, um wenigstens einen winzig kleinen Artikel in der Lokalzeitung zu bekommen. Aber jetzt ist alles anders und Mama hat ihre eigenen Regeln gebrochen.

»Wie denkst du darüber, Schatz?«, fragt sie und ihre Augen scheinen sich in meine zu bohren.

Wie ich darüber denke? Ich denke, dass ich gern Alma spielen und gewaltig herumschreien würde. Aber anders als Alma habe ich keine Worte. Also denke ich, dass ich gern Mamas Laptop ins Spülbecken werfen und Computer und Buchprojekt ertränken würde. Ich *denke,* dass das hier der gemeinste Angriff aus dem Hinterhalt seit Idas Verrat ist, und dass ich einfach nicht begreifen kann, warum meine Mutter mich auf diese Weise zur Schau stellen will.

»Nein«, sage ich.

»Vega«, sagt sie. »Ich weiß ja, dass dir das seltsam vorkommt, aber ich glaube wirklich, dass dieses Buch vielen Menschen helfen kann, die Probleme haben, und dass es normalen Menschen zeigen kann, was es bedeutet …«

Weiter kommt sie nicht. Vielleicht kann sie sehen, dass ich ihr meinen Zeichenblock an den Kopf werfen werde, wenn sie auch nur noch ein Wort sagt. Sie hat »normale Menschen« gesagt. Sie hätte mich auch gleich als Missgeburt bezeichnen können.

Ich gehe einfach. Ich stürze aus der Wohnung und knalle mit der Tür. Und zum Glück kommt keine von beiden hinterher. Vielleicht weil sie wissen, dass Theo mich bald abholen wird.

Ich marschiere eine halbe Stunde lang unten auf der Straße hin und her, während ich versuche, meine Wut loszuwerden. Ich kann einfach nicht begreifen, wie sie auf so eine Idee kommen konnte. Das ist sicher eine Art therapeutisches Schreiben oder so. Oder sie glaubt wirklich, dass sie anderen damit helfen kann. Und es ist ja auch nicht so, dass ich niemandem helfen möchte, und vielleicht würde ich so ein Buch ja auch in Ordnung finden. Aber sie will eben auch über mich schreiben. Damit bald nicht nur die Leute in der Schule und meine Familie und meine Freunde es wissen, sondern alle. Und alle werden wissen, dass ich krank bin und nicht sprechen kann und es vielleicht nie wieder lernen werde.

Ich lasse mich auf die Treppe vor dem Haus sinken. Die Kälte aus den Steinen kriecht in meinem Körper nach oben. Jetzt ist wirklich der Herbst gekommen.

»Hallo.«

Ich schaue auf und da steht Theo.

»Hallo«, sage ich.

»Was ist … schief?«, fragt er und lässt sich neben mich sinken.

»Buch«, sage ich. Und ich kann sehen, dass er das nicht versteht.

»Meine Mutter schreibt Buch über …«, ich zeige auf mich und auf ihn.

Er seufzt.

»Ja«, sagt er, und ich kann ihm ansehen, dass seine Mutter ihm davon erzählt hat. Ich war also die Einzige, die nichts davon wusste.

»Seltsam«, sage ich.

»Ja«, sagt er. »Meine Mutter fragt und ich sag Nein. Sie sagt (nun folgt eine Menge Wörter, die ich nicht verstehe), aber auch ihr Leben.«

Er wendet sich ab. Es ist ihm sicher peinlich, in der Mitte des Satzes so viel Unverständliches gesagt zu haben.

Ich nehme seine Hand. Ich denke vorher überhaupt nicht darüber nach, und er drückt meine Hand ein bisschen, deshalb ist es nicht peinlich.

»Sie darf nicht …«, sage ich dann.

»Nein«, sagt er. »Aber sie tut es.«

Seine letzten Worte treffen mich hart, weil ich weiß, dass er recht hat. Auch wenn ich weinte und meine Mutter anflehte, sie würde dieses Projekt nicht aufgeben. Das Buch wird erscheinen, und ich kann nur abwarten, was dann passieren wird.

Wir schweigen eine Weile.

»Willst du noch immer … mit?«, fragt er.

Ich nicke.

»Musst du nicht. Wir können warten.«

»Ich will gern mit«, sage ich und habe ein bisschen ein schlechtes Gewissen, weil er dieses Date geplant hatte und ich ihn einfach mit meinen Problemen überfallen habe.

»Ich bin froh …« Er kommt nicht weiter. Ich kann seinem Stirnrunzeln ansehen, dass er sich darüber ärgert. »Ich bin froh«, sagt er dann noch einmal. »Du kommst mit.«

»Ich auch«, sage ich.

Wir gehen Hand in Hand zum Bus. Theos Finger sind schmaler und länger als Johans. Klavierfinger, würde Alma sagen.

Die Schlange vor dem Eingang zum Zoo ist lang, und

vor uns sind drei Jungen damit beschäftigt, sich gegenseitig anzubrüllen und herumzustoßen. Wir stehen nur schweigend da, und ich weiß nicht so recht, ob es ein verlegenes Schweigen ist oder ein gelassenes Schweigen, weil Small Talk nun mal nicht unsere starke Seite ist.

»Zweimal«, sagt Theo am Schalter. Das geht ganz ohne Probleme. Die Frau reicht uns die Eintrittskarten und einen Plan für den Zoo und wir gehen weiter. Überall wimmelt es nur so von Menschen. Es riecht nach einer Mischung aus Softeis und Würstchen von der Bude gleich in der Nähe.

Theo faltet den Plan auseinander und nun haben wir einen Überblick über den ganzen Park.

»Was willst du laufen?« Er merkt selbst nicht, dass ihm das nicht gelungen ist. Ich überlege kurz. Sicher meint er: Was willst du dir ansehen oder so etwas. Ich bin total überwältigt von dieser Frage. Tiernamen habe ich nicht richtig trainiert, und vielleicht hätte ich den Morgen nutzen sollen, um ein bisschen zu üben.

Er schaut mich abwartend an und ich überfliege den Plan.

»Gig … Gigraff«, sage ich und zeige auf die Karte.

»Warum …«, fange ich dann an. Ich möchte doch wissen, warum er mich in den Zoo eingeladen hat.

»Warum?«, wiederhole ich und zeige auf uns beide.

Er lächelt und wühlt dann in seiner Hosentasche. Er zieht die Karten vom Workshop hervor. Er sucht einen traurigen Smiley heraus und zeigt auf mich. Und dann einen fröhlichen. Er wollte mich nach der Sache mit Johan aufmuntern.

Die Giraffen sind mit Löwen und Gnus im Savannenbereich untergebracht. Theo geht zu den Infoschildern. Er stellt sich davor und mustert Buchstaben und Bilder. Theos Lippen bewegen sich, als ob er zu lesen versuchte.

Ich sehe nur einen kleinen Jungen an, der auf eine Giraffe zeigt und ihre Flecken zählt.

»Magst du …?«, fragt Theo und zeigt auf die Giraffe.

Ich nicke.

»Warum?«, fragt er.

Ich lache, weil es eine dumme und gemeine Frage zugleich ist. Warum hat man ein Lieblingstier? Das hat man eben. Aber Theo sieht aus wie einer, der eine Antwort haben will, deshalb suche ich nach einer Erklärung, die nur aus einem Wort besteht.

»Süß«, sage ich dann einfach.

Er nickt, und plötzlich finde ich meine Antwort blöd und würde gern noch mehr sagen.

»Und …«, sage ich und zeige mir in den Mund, strecke die Zungenspitze heraus und zeige auf meine Jeans.

Zuerst macht er ein verwirrtes Gesicht, aber dann lacht er und ich hoffe, er hat es verstanden. Giraffen haben blaue Zungen. Als Kind fand ich das wahnsinnig komisch. Wir sehen beide die Giraffe an, als ob wir hofften, dass sie die Zunge herausstreckt, aber das tut sie nicht.

Also gehen wir weiter zu den Löwen. Die dösen in der Sonne, aber Theo zieht mich zu den Infoschildern, wo es auch eine Reibe gibt. Er zeigt darauf, dann auf seine Zunge und auf die Löwen.

Ich nicke, ich weiß das noch gut von damals. Löwenzungen sind rau wie eine Reibe.

Ich streiche mit der Hand über die Reibe und sehe dabei die großen Katzentiere an. Theos Hand streift meinen Arm. Mehr passiert nicht, nur dieses Streifen, aber es reicht, um in meinem ganzen Körper Funken aufstieben zu lassen.

Ich nehme ihm den Zooplan aus der Hand.

»Du?«, frage ich und zeige darauf.

Er hat mein Lieblingstier gesehen. Jetzt ist seines an der Reihe. Sein Blick gleitet über den Plan und dann zeigt er auf die Seehunde.

Das Becken ist so hoch angelegt, dass man darunter durchgehen und die Seehunde von unten betrachten kann. Und von hier aus sehen sie aus wie riesige dunkle Schatten, die sich durch das Wasser bewegen.

Theos Blick folgt ihren eleganten Bewegungen und in seinen Augen liegt eine Sehnsucht, die mich daran erinnert, dass er früher getaucht hat.

»Du … in …« Ich lege die Hände wie zum Schwimmen aneinander.

»Ja, ich einmal tauchen in (Wörter, die ich nicht verstehen kann) Hai, und der kam und ich (wieder unverständlich) …« Er unterbricht sich, als er sein Gemurmel hört, aber ich gebe ihm ein Zeichen, weiterzureden.

Und ein wenig zögernd tut er das dann. Je mehr er erzählt, desto mehr verstehe ich, aber wenn er zu eifrig ist, geht es zu schnell und endet in Wörterschlamm. Ich verstehe aber, dass er mir vom Tauchen und von Haien erzählen will.

»Du …« Ich finde die Wörter nicht und suche in seinen Karten. Ich zeige einen ängstlichen Smiley.

»Ja«, sagt er und der Rest wird wieder zu Gestammel, aber ich höre ihn gern reden. Sein Eifer, mit dem er erzählt, erinnert mich daran, wie Johan über Politik redet.

Im Laufe dieses Tages redet Theo immer klarer und klarer, und ich kann immer besser erraten, was er meint. Die Menschen schauen uns an. Meine Haut prickelt ganz seltsam, wenn ich das merke, aber dann sehe ich Theo an und es ist nicht mehr so wichtig.

Er möchte, dass auch ich erzähle, aber obwohl ich es versuche, bringe ich es nicht so ganz über mich. Ich versuche, mich mit den kleinen Wörtern zu begnügen, die ich kann. Ich will nicht, dass er merkt, wie weit ich hinter ihm zurückliege.

Wir kaufen uns heißen Kakao und setzen uns auf eine Bank beim Vogelpark. Die großen Käfige sind gefüllt mit buntem Gefieder aus aller Welt.

Aber einer fängt meinen Blick ganz besonders ein. Der große Schweif ist zum Rad entfaltet und Hunderte von Augen sehen uns an.

»Pfau«, sage ich und zeige darauf, aber es klingt wohl eher wie Paul.

Theo lacht. Nicht gemein, sondern auf diese natürliche Weise, wie man einfach lachen muss, wenn man etwas Witziges hört.

Ich möchte gern mehr nach seinem Tauchen fragen, aber während ich in Gedanken versuche, die Wörter zu bilden, zieht das Pfauengefieder immer weiter meine Blicke auf sich. Es scheint etwas in mir anzutippen. Einen Funken anzuzünden, in einem tiefschwarzen Loch, der für eine Sekunde aufleuchtet und dann erlischt. Es ist etwas, das ich vergessen hatte, und woran ich mich jetzt wieder erinnere.

Ich sehe den Kakao in meiner Tasse an. Die Sahne schmilzt sehr schnell. Ich sehe wieder den Pfau an. Erinnere mich plötzlich an etwas mit Eiswürfeln. Ein Glas, das mir fast aus der Hand geschlagen wird, und mich, die sich umsieht und den riesigen Pfauenschweif entdeckt.

Theo sagt etwas, das ich nicht höre. Noch immer erfüllt die Erinnerung meine Gedanken.

Der Pfau wirbelt herum. Die Maske, die in einem spitzen Schnabel endet. Die Augen dahinter, die undeutlich und doch so bekannt sind.

Die Pfauenfedern spiegeln sich im Wasser des Schwimmbeckens. Ich strecke die Hand aus, reiße ihr die Maske herunter. Das Gesicht wird undeutlich, verschwindet. Ich weiß nur noch, dass ich sie anschreie. Und sie mich.

Dann strecke ich die Hand aus. Ich stoße sie. Und sie stößt mich. Ich weiß noch, wie ich rückwärtstrete, um das

Gleichgewicht wiederzufinden. Das Gefühl der hohen Absätze, als ich es endgültig verliere. Das Ziehen im Bauch, als ich rückwärtskippe, während das Pfauenmädchen auf dem Absatz kehrtmacht und verschwindet.

Mir fällt die Tasse zu Boden …

KAPITEL 15

EINE SIEBEN

Es war Idas Vorschlag, das Sommerfest als Kostümfest abzuhalten. Sie hatte sich fürs Festkomitee gemeldet, und obwohl nicht alle total begeistert von der Idee waren, setzte sie sich bei der Abstimmung durch.

Danach ging der Wettbewerb los, wer sich das tollste Kostüm machen könnte.

Es gab alle möglichen Kostüme, alles zwischen Pocahontas und Prostituierter. Aber ein Kostüm fiel besonders auf.

Es war aus echten Pfauenfedern, die an die Maske und an das Kleid angenäht waren. Der Wind ließ die Federn vibrieren, während sie auf hohen Absätzen über die Fliesen ging …

»Was?« Theo sieht mich besorgt an. Ich schaue auf den verschütteten Kakao hinunter, der sich jetzt auf den Steinen ausbreitet. Und ich sehe zu dem Pfau hinüber, der mich wie Theo total verständnislos anstarrt. Ich spüre, dass ich bei der Erinnerung, die ich noch immer klar vor Augen habe, am ganzen Körper zittere.

»Du okay?« Theo legt mir die Hand auf den Arm, zieht sie aber zurück, als er merkt, wie sehr ich bebe.

»Ich …« Ich zeige auf den Pfau, auf den Kopf, mache

eine Schubsbewegung und zeige dann wieder auf den Kopf.

Theo mustert meine Gebärden aufmerksam. Versucht, sie zu entschlüsseln, und ich habe das Gefühl, unter Wasser zu schreien. Als ob das Geräusch verzerrt wird. Er versteht und doch versteht er nicht. Zwischen uns liegt ein Filter, ein Filter aus Wörtern, der den Sinn heraussiebt.

Erst nach vielen Gebärden und gemurmelten Sätzen fängt Theo langsam an zu begreifen.

»Ko … Ko …«, sagt er und zeigt auf seine Kleidung.

Ich nicke. Kostüm.

»Fest«, sagt er dann.

Ich nicke wieder.

»Schubsen«, sage ich.

»Bilder«, sagt er daraufhin.

Ich nicke.

Ich muss sie wieder ansehen. Alle noch einmal durchsuchen, bis ich das Pfauenmädchen finde.

Er nimmt meine Hand und drückt sie.

»Willst du nach Hause?«

»Darf ich?«, frage ich. Ich wollte sagen: Ist dir das recht? Macht es dir etwas aus, wenn ich gehe? Können wir uns ein andermal treffen?

Er nickt. Ich bin nicht ganz sicher, aber ich hoffe, dass er versteht. Ich war noch nie so dicht auf der Spur.

Er bringt mich bis zur Haustür. Wir gehen nicht die Treppe hoch. Theo kennt die Bilder zwar, aber das hier möchte ich lieber allein machen.

Wir bleiben vor der Haustür stehen. Obwohl ich jetzt unbedingt die Bilder ansehen will, habe ich auch ein schlechtes Gewissen. Es war heute wirklich schön mit Theo.

»Danke«, sage ich.

»Ursach.«

»Wieder?«, frage ich.

Er nickt.

Er drückt meine Hand.

»Eins bis zehn«, sagt er dann.

Er zeigt auf mich und sich. Und ich weiß nicht, ob er das Date oder uns meint.

Ich schüttele den Kopf.

»Komm jetzt?«, sagt er und ich muss lachen. Aber sein Blick bleibt ernst, und er sieht aus wie einer, der wirklich auf eine Antwort wartet.

»Sieben«, sage ich.

»Sieben …« Er lässt meine Hand los und mimt einen überaus dramatischen Sturz, als hätte ihn eine Kugel in der Brust getroffen.

Ich lache, während er sich langsam wieder aufrichtet.

»Du?«, frage ich.

»Zehn«, sagt er. Ich lache und werde gleichzeitig rot.

Dann beugt er sich vor und lässt mich für einen Moment alles über den Pfau und die Schubserin vergessen. Ich denke an den Abend. Und ich muss an den Abend in seinem Garten denken. Diesmal weiche ich nicht zurück, als er mich küsst. Der Kuss ist sanft und schnell. Höchstens ein paar Sekunden, dann lässt er meine Lippen wieder los.

»Sehen uns«, sagt er.

»Sehen uns«, sage ich und renne fast die Treppe hoch.

Es gibt einen Planeten, der sich um zwei Sonnen dreht. Er heißt Kepler-16b. Ein überaus langweiliger Name für etwas so Ungewöhnliches. Normalerweise kreisen Planeten nur um eine Sonne. So wie Menschen und Liebe. Normalerweise liebt man eine Person. Aber wenn man in mein Herz schauen könnte, dann würde es sich bestimmt um zwei Namen drehen. Theo und Johan. Auf der Erde ist das aber nichts Besonderes. Es ist nur blöd. Vor allem, weil Johan mich nicht mehr will, Theo aber wohl, und ich wünschte, ich könnte mir Johan aus dem System spülen.

»Hallo …« Alma kommt heraus, und ich kann sehen, dass sie jede Menge Fragen hat, aber ich laufe nur in mein Zimmer und schließe die Tür.

»War es so schlimm?«, ruft sie hinter mir her.

Ich gebe keine Antwort, lasse nur Musik laufen. Ich kann jetzt nicht mit Almas Fragen, Theos Küssen oder Johan umgehen, der wieder in meinen Gedanken aufgetaucht ist. Das Einzige, was hier wichtig ist, ist die Erinnerung. Das Pfauenmädchen. Ich suche die Bilder heraus und mache mich auf die Suche …

Ich habe mich in meinem Zimmer eingeschlossen. Mama glaubt natürlich, daran sei noch immer das Buch schuld, und ich lasse sie in diesem Glauben, denn das ist leichter als die Wahrheit.

»Ich würde so schrecklich gern mit dir reden, Vega«, sagt sie zum dritten Mal vor meiner Tür.

»Nein«, antworte ich nur und starre die Bilder an. Ich habe sie auf dem ganzen Fußboden verteilt.

»Aber irgendwann müssen wir darüber sprechen«, sagt sie.

»Nein«, wiederhole ich und streiche mit dem Finger über die Bilder.

Endlich geht sie und lässt mich in Ruhe.

Ich hole tief Luft. Ich habe jetzt alle Bilder viermal durchgesehen und jeden Zentimeter betrachtet, aber es gibt keine Pfauen. Kein Pfauenmädchen.

Ich habe die Erinnerung wieder und wieder in meinen Gedanken ablaufen lassen. Aber mehr kommt nicht, keine weiteren Hinweise, nur ein verschwommenes Gesicht und der Gedanke an die Pfauenmaske, zusammen mit dem schwarzen Kleid mit den Pfauenfedern. Ich habe auch versucht, das Kleid mit den Pfauenfedern zu zeichnen, um meiner Erinnerung auf die Sprünge zu helfen. Doch es ging nicht.

Es gibt nichts in meinen Gedanken vorher oder nachher, es gibt nichts auf meinen Bildern, und ich fürchte, dass mir einfach mein Gehirn einen Streich spielt. Aber wie ist es möglich, dass sie nicht auf den Bildern ist? Wenn sie auf dem Fest war, dann muss sie darauf sein.

Theo wartet auf mich. Er hat mich auf Facebook angestupst und sitzt skypebereit da. Ich gehe die Bilder in aller Eile ein letztes Mal durch, in der Hoffnung, sie könnte plötzlich da sein. Aber noch immer nichts.

Ich kann Theo nicht in alle Ewigkeit ignorieren, deshalb setze ich mich an den Computer.

»Wer?«, fragt er per Videochat.

Ich schüttele den Kopf.

Er runzelt die Stirn.

»Weg«, sage ich.

Er schweigt lange und sein Schweigen tut mir weh. Wird auch er mich jetzt für verrückt halten? Ich bin wegen der Bilder von unserem Date abgehauen, aber nun habe ich rein gar nichts gefunden.

»Tut mir leid«, sagt er nun, und weil er das so sagt, habe ich Tränen in den Augen. Er versteht es. Es ist nicht nur, weil ich sie nicht gefunden habe und wohl niemals finden werde. Es ist eher die Angst, dass sie niemals da gewesen ist und dass die Suche der vergangenen Wochen vergeblich war.

Ich strecke die Hand aus und logge mich aus. Ich kann es nicht ertragen, ihm hier etwas vorzuheulen.

Stattdessen sehe ich mir noch einmal alle Bilder an. Auf keinem ist sie zu sehen, deshalb reiße ich die Bilder in Fetzen. Und bei jedem unbrauchbaren Bild weine ich noch mehr.

War das alles Einbildung? Wollte mein Gehirn auf diese Weise der Tatsache, dass ich in Stücke gebrochen bin, einen Sinn geben? Jemandem die Schuld geben können, damit es nicht nur an mir liegt, dass ich in diesem Gefängnis gelandet bin.

Ich höre die Türklingel. Ich lasse Mama und Alma öffnen. Kurz darauf wird wieder an meine Tür geklopft.

»Nein!«, sage ich. Wann wird Mama das endlich begreifen? Ich kann nicht bestimmen, ob sie dieses Buch schreibt oder nicht, aber ich kann entscheiden, dass ich nicht mit ihr sprechen werde.

»Hier ist Theo …« Seine Stimme jagt mir einen Schauer über den Rücken. Theo.

Ich öffne die Tür.

Neben ihm steht Alma. Beide sehen mich und die zerrissenen Bilder auf dem Boden besorgt an. Theo kommt herein, ich schließe hinter ihm die Tür.

Er greift nach den Bildfetzen. Ich schluchze.

Er legt den Arm um mich und ich lehne den Kopf an seine Schulter, als ob wir uns schon unser Leben lang kennen.

Ich lasse meinen Tränen freien Lauf. Theo streichelt langsam meinen Rücken. Seine Berührung beruhigt mich, ich atme regelmäßiger, und am Ende steckt mir nur noch ein letztes Schluchzen im Hals.

Er greift nach den Bildresten.

»Nicht wichtig«, sagt er dann.

Er zeigt auf das Pfauenkleid, das ich gezeichnet habe.

»Nicht wichtig«, sagt er wieder.

Dann nimmt er meine Hand. Legt sie auf meine Brust.

»Wichtig«, sagt er.

Mir treten Tränen in die Augen, als er das sagt. Er hat ja recht. Was hilft es, ein Gespenst zu jagen? Davon werde ich doch auch nicht gesund.

Wir bleiben lange so sitzen. Ich lausche auf sein Herz und finde es schön, seine Arme um mich zu spüren. Im Moment ist Theo alles, was ich habe. Er ist der Einzige, der das mit den Bildern versteht und mich nicht für verrückt hält.

»Danke«, flüstere ich.

»Immer«, sagt er.

Und ich schaue in seine braunen Augen. In eine Wärme und Fürsorge, die mich immer weiter zu ihm hinzieht. Dann beuge ich mich vor und küsse ihn.

KAPITEL 17

WEG

Ich weiß nicht so genau, seit wann ich Angst vor dem Reden habe. Vielleicht ist es passiert, als Mama beschloss, jeden Tag anderthalb Stunden lang mein Training zu überwachen und immer seufzte, wenn ich etwas verpatzte.

Oder vielleicht, als sie zum Verlag musste und Alma und mich zum ersten Mal zwei Stunden allein ließ. Ich hatte eine Mitteilung bekommen, aber es machte mir noch immer Probleme, das Handy zu benutzen. Die vielen Symbole verwirrten mich. Ich hatte versucht, die Nachricht zu öffnen, aber aus Versehen auf die falsche Taste gedrückt.

»Blabla«, sagte ich und zeigte Alma das Handy. Ich wollte »Nachricht« sagen, aber das schaffte ich nicht.

»Was?«

»Blabla«, sagte ich.

»Keine Ahnung«, sagte Alma.

»Blabla«, ich schlug auf das Telefon.

»Willst du anrufen?«, fragte sie.

»Nein … Blabla.«

Sie machte ein verwirrtes Gesicht.

»Ich verstehe nicht, was du sagst …«

»Blabla«, wiederholte ich und schwenkte das Handy.

Ich hätte gern auf das Symbol gezeigt, aber gerade die Symbole verwirrten mich doch so, und jetzt, da ich die Nachricht geöffnet hatte, war sie nicht mehr als ungelesen markiert.

»Nachricht?«, riet sie endlich. »Hast du eine Nachricht bekommen?«

Ich nickte und sie griff nach dem Telefon.

»Da ist aber keine.«

»Doch.«

»Nein«, sagte sie. »Sieh mal, hier wäre dann doch sonst eine 1.«

Ich explodierte zu einem Sturm aus Wörterschlamm.

»Schrei hier nicht rum«, sagte Alma und hielt sich die Ohren zu.

Ich zwang meine Stimme, ganz ruhig zu bleiben.

»Blabla«, sagte ich.

»Ich versteh dich nicht, Vega«, sagte sie und jetzt hatte sie Tränen in den Augen.

»Blabla«, sagte ich wieder.

»Hör jetzt auf«, bat sie. »Ich versteh dich doch nicht.«

Am Ende schleuderte ich vor Wut das Handy an die Wand und Alma brach in Tränen aus. Ich lief in mein Zimmer und knallte mit der Tür, und ich wünschte, ich hätte nie versucht, sie um Hilfe zu bitten.

Ein Kuss wird zu mehreren. Auf irgendeine Weise habe ich das hier gewollt, seit wir uns bei dem Workshop begegnet sind, und jetzt, da ich es mir endlich erlaube, ist es einfach wunderbar. Es ist, als ob es das Düstere wegschiebt, das in mich gekrochen ist. Als ob sein Kuss meine Adern reinigt und mein Blut wieder frei strömen lässt.

»Möchte Theo zum Essen bleiben?«, fragt meine Mutter durch die geschlossene Tür.

Ich lasse seine Lippen los und blicke ihn fragend an. Und er sieht fragend zurück, als hätten wir beide Angst davor, eine falsche Antwort zu geben.

»Ja«, sagt er dann. »Gern.«

»Das ist doch wirklich nett«, sagt Mama beim Essen zum dritten Mal. Es nervt mich, aber immerhin hat sie nicht wieder versucht, das Buch zur Sprache zu bringen. Alma sagt nichts, sondern sieht Theo neugierig an.

»Das schmeckt gut«, sagt Theo, und ich kann hören, wie er sich bei jedem Wort Mühe gibt.

»Meine Güte, du kannst aber wirklich gut sprechen«, sagt Mama.

»Danke, ich versuche«, sagt Theo und beeindruckt noch mehr.

»Es ist so schön, dass du dich einfach hineinstürzt«, sagt Mama. »Vega traut sich einfach nie.«

Ich starre meinen Teller an und wickle noch mehr Spaghetti um meine Gabel.

»Du solltest dich eben mehr gehen lassen«, sagt Mama jetzt. »Versuch doch mal, draufloszureden, so wie Theo. Das sagt auch die Logopädin.«

Ich merke jetzt, dass ich fast schrumpfe. Es stimmt ja.

Charlotte hat es gesagt, und ich habe es versucht, aber wenn die Leute mich nur anstarren, als ob ich Russisch spräche, dann ist das nicht gerade ermutigend.

Theo nimmt unter dem Tisch meine Hand und drückt sie.

»Deine Mutter hat erzählt, dass du starke Verletzungen hattest«, sagt Mama. Und ich würde sie am liebsten vom Stuhl treten.

»Mama …«, sagt Alma.

»Ach nein, versteh das jetzt bitte nicht falsch«, sagt Mama ganz schnell. »Ich wollte nur sagen, dass ich es großartig finde, wie gut du es schaffst.«

»Danke«, sagt Theo nur.

Nach dem Essen fliehen wir in mein Zimmer. Wir sitzen dicht nebeneinander auf dem Sofa, und es ist schön, dass dort jemand anders neben mir sitzt als Mama oder Alma. Auf diese Weise verschwinden die letzten Reste von mir und Johan, und etwas Neues ist möglich.

»Meine Mutter …«, sage ich.

»Die macht das … gut«, sagt er. »Sie (Wörter, die ich nicht verstehe) beste (weitere unverständliche Wörter) für dich.«

Ich verberge mein Lächeln, ich bin fast erleichtert, weil auch er patzen kann.

»Macht das gut«, sagt er nur, als er sehen kann, dass ich nicht mehr verstanden habe.

Ich nicke. Sie macht es gut. Und ist peinlich. Und sie ist

eigentlich auch gemein – sie hätte vor Theo nicht zu sagen brauchen, dass ich mich nicht traue.

Theo steht auf und geht zu meinem Schrank, wo Postkarten aus den letzten Jahren hängen. Die meisten sind von Johan und Ida. Ich hätte sie herunterreißen müssen, als ich alles andere weggeräumt habe, das mit Johan zu tun hatte, aber sie hängen als große Collage an der Wand, und wenn ich eine wegnehme, ist alles ruiniert.

Theo sieht sie nur an, dann mustert er die Bilder. Ein Foto von meinen Eltern und Alma und mir in Paris. Er lächelt.

»Wie warst du … vorher?«, fragt er.

Ich zucke mit den Schultern.

»Normal«, sage ich.

Er runzelt die Stirn. Dann zeigt er auf seine Brust.

»Hier«, sagt er.

Wie ich innerlich war? Versucht er, danach zu fragen?

»Das …«, ich bleibe hängen. Dann schüttele ich nur den Kopf.

»Versuch«, sagt er, und bei ihm klingt es nicht nach einem Befehl, wie bei Mama oder Charlotte, oder flehend, wie bei Johan. Wenn Theo es sagt, ist es nur …

Bei Theo ist es nur …

Ich seufze.

»Froh«, sage ich dann.

»Und jetzt?«, fragt er.

»Weg.«

Er nimmt meine Hand und hebt sie an seine Brust.

»Tot«, sagt er. Aber dann lässt er sie los und zeigt auf sich. »Neuer Theo.«

Ich lächle. Genau. Wir sind gestorben, als es passiert ist. Nur die Hüllen sind noch übrig. Aber meine Vega-Hülle steht auf und legt die Arme um die Theo-Hülle. Und als wir ganz dicht beieinanderstehen und uns küssen, scheint es keine Rolle zu spielen, dass wir innen hohl sind.

KAPITEL 18

DIE FARBE WEISS

Als die Schule wieder losging, schickte Mama mich abermals zur Therapie, weil ich so unendlich traurig war, wenn Ida und Johan aus der Klasse erzählten und ich nicht dabei sein konnte. Nach zwei Sitzungen hatte meine Psychologin noch eine »geniale« Idee.

Sie meinte, ich sollte die Klasse besuchen. Und zusammen mit Charlotte einen kurzen Brief vorlesen.

Ich fand diese Idee von Anfang an furchtbar, aber Mama war total begeistert.

»Es würde dir guttun, sie zu sehen, und es wäre auch gut für sie, dich zu sehen, damit sie begreifen, was mit dir los ist.«

Ich schüttelte den Kopf. Denn sie würden es ja gerade nicht begreifen können. Ich würde den Brief vorlesen, ich hatte das seit Tagen geübt, und wenn alles so ging, wie es gehen sollte, würde ich keinen Fehler machen, und sie würden glauben, ich wäre viel weniger krank, als ich war. Und wie sollten sie denn dann überhaupt irgendetwas begreifen?

In China ist Weiß die Farbe der Trauer. Das hat Papa mir einmal erzählt, und ich muss daran denken, als ich am nächsten Morgen aufwache. Hier gibt es weiße Wände, weiße Möbel, eine weiße Bettdecke und weiße Lampen. Weiß wie Trauer und wie Krankenhäuser.

Ich habe mich verändert. Das habe ich gestern begriffen. Obwohl ich das Gefühl habe, still gesessen zu haben, seit Monaten wie ein schlaffes Insekt am Fliegenpapier zu kleben, habe ich mich verändert. Und selbst wenn morgen die Wörter wieder strömten, würde es nie wieder so sein wie vorher.

In diesem Moment beschließe ich, dass mit dem Weiß Schluss sein muss. Ich will Farben. Keine Opfer mehr. Keine Besessenheit von Bildern und Mädchen, die schubsen und die es gar nicht gibt. Es ist Zeit, auf jede mögliche Weise weiterzukommen.

Ich mache einen Spaziergang. Ich bin allein zu Hause, deshalb wird mich auch niemand vermissen. Ich gehe in die nächste Tiger-Filiale. In den Tigerläden gibt es immer viele bunte Dinge. Ich kaufe rosa Kerzenhalter, einen pastellblauen Zinkeimer für Blumen und zwei große grüne Kissen. An der Kasse sehe ich Klebeband in allen möglichen knalligen Farben und das nehme ich auch mit.

Das Bezahlen ist kein Problem. Ich kann die Summe auf der Kassenanzeige sehen und mit den Geldscheinen komme ich zurecht.

Dann geht es wieder nach Hause. Ich denke an Theo und an gestern. Wie er gesagt hat, dass wir gestorben sind, als es passiert ist. Er hat recht, aber ich will kein Gespenst mehr sein. Die neue Vega wird auferstehen. Und zwar mit jeder Menge Farben.

Ich mache mich sofort ans Werk. Es ist unglaublich, wie viel so wenig ausrichten kann. Und allein das Gefühl, endlich etwas zu tun, gibt mir Energie. Ich packe das Klebeband aus und schneide lange und kurze Stücke zurecht, die ich dann an die Wand klebe. Ich habe beschlossen, Buchstaben zu kleben. Charlotte möchte, dass ich übe, und es wird vielleicht leichter, wenn die Buchstaben die ganze Zeit an meiner Wand hängen.

Also schreibe ich allerlei Buchstaben in allerlei Farben überall an die Wand.

Als Mama nach Hause kommt, starrt sie die Buchstaben lange an. Ich kann sehen, dass sie ihnen gern einen Sinn entlocken möchte, aber es gibt keinen. Ich wollte ja gerade keinen Sinn. Ich habe ein Bild davon gemacht, wie es in meinem Kopf aussieht, wo die Buchstaben nur herumschwimmen und manchmal einfach nicht die Wörter bilden wollen, die ich brauche.

Dann setzt Mama sich aufs Bett.

»Ich hatte im Verlag eine Besprechung … über das Buch«, sagt sie.

Ich gebe keine Antwort.

»Es ist ein wichtiges Buch«, sagt Mama. »Und auch wenn du das jetzt vielleicht nicht verstehst, ist es wichtig, dass es erscheint.«

Ich schweige weiter. Das Schweigen ist für den Moment stärker als alles andere.

»Aber ich tue das nicht, um dich zu verletzen«, sagt sie.

»Es ist wichtig, das weißt du.« Sie küsst meine Haare, als ob ich wieder ein kleines Mädchen wäre.

Dann geht sie, und ich bin wütend und zugleich erleichtert, weil sie nicht versucht hat, mich zum Antworten zu bringen. Aber ich will nicht mehr daran denken. Das Buch. Die Bilder. Das Fest und die Schubserin. Das alles ist nicht wichtig. Das habe ich von Theo gelernt.

Theo und ich sind jetzt offiziell zusammen. Es ist seit langer Zeit das erste Mal, dass wir unser Profil aktualisieren, und ich muss dabei lächeln. Jetzt, da wir zusammen sind, haben wir darüber gesprochen, dass wir uns gegenseitig besser kennenlernen müssen. Es gibt so viel, was wir nicht wissen, deshalb veranstalten wir jetzt an jedem Abend einen Fragemarathon.

»Film«, sagt er, und ich weiß, er meint meinen Lieblingsfilm. Ich überlege einen kurzen Moment. In den alten Tagen hätte ich »Inception« gesagt. Johan war total begeistert von diesem Film und wir waren uns einig, dass es der beste aller Zeiten war. Aber das war die alte Vega.

»Nachdenken«, sage ich. »Du?«

Er verschwindet aus dem Bild und kommt mit einem Film zurück. Er hält ihn in die Webkamera. Ich erkenne ihn nicht. Er sieht alt aus.

Ich konzentriere mich. Entschlüssele langsam die Buchstaben. »Orca«. Das sagt mir nichts und das Cover kenne ich auch nicht. Es zeigt einen Mann auf einem Boot und dahinter sieht man einen Killerwal.

»Was?«

Er zeigt auf den Mann. Dann auf das Boot und macht Paddelbewegungen. Ein Mann in einem Boot. Dann zeigt er auf den Killerwal und redet los, aber ich verstehe nur die Hälfte. Etwas mit einem toten Killerwal und einem anderen Wal, der den Mann angreifen will.

»Warum … Orca?« Das letzte Wort klingt seltsam, aber ich kenne es ja auch nicht. Habe es noch nie gesagt. Theo runzelt ein wenig die Stirn. Dann zeigt er auf den Killerwal.

Aha, Orca bedeutet Killerwal. Das wusste ich wirklich nicht.

Dann kommt das Schweigen, und ich weiß, dass meine Bedenkzeit zu Ende ist. Einerseits ist es toll, dass er sich einen alten Horrorfilm ausgesucht hat. Er hätte ja auch etwas politisch Korrektes nehmen können, aber er hat etwas ausgesucht, das ihm gefällt. Ich schaue zu meinem Regal hinüber.

Bei genauerem Hinsehen stellt sich heraus, dass ich keinen Film zum Angeben habe, deshalb beschließe ich, ehrlich zu sein.

Ich halte »Hunger Games« in die Kamera. Das ist – jedenfalls im Moment – mein Lieblingsfilm. Ich habe ihn seit meinem Sturz mindestens zehnmal gesehen. Wohl auch, weil die Vorstellung der vielen Jugendlichen, die auf Leben und Tod kämpfen, meine eigenen Probleme ein wenig zurechtrückt.

»Gut«, sagt Theo. Dann überlegt er.

»Würdest du?«, fragt er und mimt jemanden, der einen Pfeil abschießt, und dann jemanden, der tot umfällt.

Würde ich einen Menschen töten können?

Diese Frage führt zu einem sehr langen Gespräch. Bei dem Gebärden sich langsam mit Wörtern mischen, und wir müssen mehrmals lachen, weil wir so seltsame Dinge sagen.

Als Theo sich ausloggt, gehe ich zu Facebook. Klicke die Bilder von Johan und Ida durch. Ich habe nicht mehr mit ihnen gesprochen. Es ist seltsam. Einmal waren sie meine ganze Welt, jetzt sind sie nur noch Bilder auf einem Bildschirm.

Sie sind jetzt auch auf Facebook zusammen. Das passierte, genau eine Woche nachdem Theo und ich unsere Profile aktualisiert hatten, als ob sie darauf gewartet hätten, weil es so weniger Anstoß erregen würde. Und obwohl ich jetzt Theo habe und ihn viel lieber haben möchte als Johan, gibt es mir doch einen Stich ins Herz.

Ich bleibe ein wenig bei Idas Bildern. Ich sehe die Mädchen aus der Klasse, auf einer Decke im Gras.

Ich sehe die Bildunterschrift und hacke mich durch die Wörter.

Alle Mädels aus der y auf Tour im Zoo.

Es ist nur ein Satz. Neun kleine Wörter, hastig unter ein Bild geschrieben. Aber für mich sind sie schwarze Löcher, die meine gute Laune verschlingen.

»Alle Mädels.« Ich sehe mir das Bild an. Sehe sie an, wie sie sich im grünen Gras rekeln. Ich habe das Gefühl, im Bild müsste es ein Loch geben. Einen leeren Fleck, dort, wo ich eigentlich sitzen müsste.

Auch wenn wir zerstritten sind, tut es weh. Ida hat mich offenbar total abgeschrieben. Und weder sie noch die anderen scheinen noch zu glauben, dass ich zurückkommen werde. Sondern, dass ich die Klasse endgültig verlassen habe.

Meine Kehle schnürt sich zusammen. Das ist nicht mehr meine Klasse …

Exoplaneten heißen die Planeten, die weit weg von den anderen sind. So kommt es mir jetzt vor – als ob ich im Sonnensystem der Klasse zum Exoplaneten geworden wäre. Als ob mich die gesamte y weg- und hinausgeschoben hätte. Und als sei ich jetzt nur noch ein ferner Stern am Himmel. Etwas, das mehrere Tausend Lichtjahre entfernt ist.

Und obwohl Theo und ich zusammen durch den Raum schweben, tut es noch immer weh. So, als ob mir erst jetzt richtig aufgeht, dass ich nicht aufs Gymnasium zurückkehren werde. In einem halben Jahr wird Facebook von Bildern von ihnen mit Abiturientenmützen wimmeln und ich werde noch immer hier sitzen …

An diesem Abend muss Mama Alma aus der Stadt holen, weil sie so betrunken ist, dass es ihr schlecht geht. Alma hatte gesagt, sie wollte mit einer Freundin ins Kino, aber stattdessen wurde Mama aus einer Kneipe angerufen.

Am nächsten Tag ist Mama sauer.

»Ich erwarte, dass du dich anständig benimmst«, ruft sie, während Alma etwas Unverständliches murmelt.

»Ganz ehrlich, ich weiß wirklich nicht, was in letzter Zeit mit dir los ist. Und deine Noten sind auch jenseits aller Kritik!«

Beim Abendessen sagt Alma plötzlich:

»Ich will nicht mehr aufs Gymnasium gehen.«

Mama seufzt.

»Und warum das nun wieder nicht?«

»Das ist nicht das Richtige für mich.«

Mama und ich tauschen einen Blick. Alma wollte unbedingt aufs Gymnasium, als ich dort angefangen habe. Sie hat die ganze Zeit darüber geredet, wie sehr sie sich darauf freute. Sie wollte gleich in alle Arbeitsgruppen eintreten.

»Und was ist das Richtige für dich?«

»Diese Theaterschule in London …«

»In London?« Mama hebt die Augenbrauen. »Glaubst du wirklich, ich würde dich nach London schicken, so, wie du dich neuerdings hier aufführst?«

»Vielleicht baue ich so viel Scheiß, weil ich keine Lust aufs Gymnasium habe«, sagt Alma.

Mama und sie starren sich in verbissenem Schweigen an, dann schlägt Mama die Augen nieder.

»Du gehst nicht nach London«, sagt sie. »Das können wir uns nicht leisten, und außerdem musst du mir mit Vega helfen.«

Der Kampfgeist, den Alma eben noch gezeigt hat, verfliegt. Sie sagt nichts mehr, sondern steht nur auf und geht mit ihrem Teller hinaus, obwohl sie fast nichts gegessen hat.

Ich sehe Mama an, und auf meiner Zunge brennen alle Wörter, die ich so gern sagen würde.

KAPITEL 19

TRÄUMEN

Natürlich setzte meine Mutter ihren Willen durch, was diesen Besuch in der Klasse anging. Zwei Wochen nach Schulanfang stand ich also da und starrte die anderen an, die plötzlich wie Fremde wirkten.

Obwohl ich seit Tagen geübt hatte und meine Rede nicht sehr lang war, warf die Angst mich fast um, als neunundzwanzig Gesichter mich anglotzten, alle mit dieser seltsamen Mischung aus Nervosität und Neugier. In letzter Zeit hatten nur Johan und Ida mich besucht. Die anderen wussten nicht, was sie erwartete.

»Ich …«, begann ich mit einer Stimme, die vor Nervosität zitterte. Alle starrten und Ida nickte mir aufmunternd zu. Ich dachte daran, wie Charlotte mit mir geübt hatte. »Ich bin noch immer krank, aber ihr fehlt mir alle.« Das sollte ich sagen, aber das kam nicht heraus.

»Ich falle krank alle.«

Die meisten starrten mich an und Thomas fing an zu lachen. Einer der anderen verpasste ihm einen Rippenstoß.

»Entschuldigung«, flüsterte er.

»Versuch es noch einmal, Vega«, sagte meine Mutter.

»Ich … falle …«

Wieder kicherte Thomas.

»Nix Entschuldigung«, flüsterte er, stand auf und ging. Die Tür fiel hinter ihm zu.

»Ihr fehlt …« Ich blieb stecken und meine Hände zitterten, während ich immer noch das Gefühl hatte, Thomas lachen zu hören. Also legte ich einfach meinen Brief hin und lief nach draußen.

»Vega«, rief meine Mutter, aber ich hörte nicht auf sie.

Vor der Tür stand ich plötzlich Thomas gegenüber. Er war sofort total verlegen.

»Also, ich wollte doch nicht …«, fing er an zu stottern. Ich hob die Hand. Ich wollte ihn schlagen, und er konnte sehen, dass ich das vorhatte. Aber obwohl er es sehen konnte, wich er nicht aus, vielleicht, weil er sich so furchtbar schämte.

Und als ich gerade zuschlagen wollte, ließ ich die Hand sinken und ging die Treppe hinunter zum Auto.

Ich hörte hinter mir die Tür und rechnete mit Mama, aber es war Ida.

Sie legte die Arme um mich und ich fing an zu weinen.

»Ist schon gut, Vega, du hast es versucht …«, sagte sie. »Es ist aber auch schwer, wenn dich alle anstarren.«

Ich nickte.

»Komm mit zurück«, sagte sie. »Deine Mutter hat ihnen erklärt, dass …«

Ich schüttelte den Kopf.

»Doch, komm jetzt«, sagte Ida und wischte mir die Augen. »Ich kann doch den Brief vorlesen und du stehst einfach neben mir.«

Noch eine Träne lief über meine Wange.

»Komm jetzt, Vega«, sagte sie. »Du willst doch nicht, dass ihre letzte Erinnerung ist, wie du weggelaufen bist.«

Ich schluchzte und dann gab ich auf. Wir gingen wieder nach oben. Ich blieb vor der Tür stehen.

»Du kannst das«, sagte Ida. »Du bist stark.«

Ich schlug die Augen nieder. Du bist stark. Das musste ich mir in den letzten Monaten dauernd anhören, aber es stimmte nicht. Man sagt das denen, die eine Menge Scheiß durchmachen, ohne zu sterben.

Aber man wird nicht stark vom Überleben, man überlebt nur.

Almas Stimmungen wechseln im Moment wie verrückt. Vielleicht hängt es mit dem Gymnasium und der Theaterschule in London zusammen. Mama und sie streiten sich fast jeden Tag wegen des Gymnasiums. Alma hat die Sache mit London aufgegeben, auch wenn ich gesehen habe, dass sie noch immer die Unterlagen von dieser Schule anstarrt. Jetzt versucht sie, Mama zu überreden, sie von der Schule abgehen und einfach jobben zu lassen.

Mamas Standpunkt ist so unbeweglich wie eine Gebirgskette und Almas Vorschläge stoßen allesamt auf ein solides »Nein«.

»Du kannst mich in die Schule zwingen, aber nicht zum Lernen«, war das Letzte, was ich Alma rufen hörte.

Und obwohl ich zu Alma halte, werde ich trotzdem wütend. Ich würde alles tun, um an ihrer Stelle zu sein.

Wirklich alles. Aber sie will einfach nicht. Zugleich macht es mich traurig. Warum ist Alma plötzlich so? Ich komme mir ein bisschen vor wie bei einer Sternschnuppe. Man will danach greifen und weiß doch, dass es nicht geht.

Mein einziger Lichtblick ist Theo. Wir reden jeden Tag miteinander. Auch, wenn es keinen Sinn ergibt und es nur eine lange Reihe von unverständlichen Dingen ist, durchsetzt mit einzelnen klaren Wörtern.

Anfangs fand ich das schwer. Er soll doch nicht hören, wie schlecht ich bin. An den ersten Tagen hat deshalb vor allem er geplappert. Es war wie eine Art Reisbrei aus Wörtern. Ein dicker Wortstrom, und ab und zu lugte eine Rosine hervor. Aber je länger er plappert, umso mehr Wörter finden die richtige Stelle. Als ob sie nur in Gang geschüttelt werden müssten.

Heute erzählt er mir, wie er im Sommer im Meer getaucht hat. Wie er das Wasser geliebt hat – und es noch mehr liebte, wenn er Tiere sehen konnte. Einen Krebs. Eine Qualle. Ja, einmal war er einer Feuerqualle so nahe gekommen, dass er sich den halben Körper verbrannt hatte und fast ins Krankenhaus gekommen wäre, weil er eine allergische Reaktion hatte. Und dann erzählt er, dass er sich schon damals entschlossen hatte, dass er richtig tauchen lernen wollte. Damit er durch die Welt reisen und viele andere Fische sehen könnte. Vor allem ist er verrückt nach Haien.

Die Liebe zu den Haien kam, als er im Nordseemuseum war und durch einen Tunnel aus Glas ging, wo sie über ihm herschwammen. Wunderschön, riesig und wahnsinnig gefährlich.

Immer mehr Wörter sind richtig, wie bei einem Kreuzworträtsel, wenn man zuerst ein Wort findet und dadurch dann weitere folgen. Aber er hat auch mehr Unterricht. Er hat mir gestern erzählt, dass seine Eltern ihm Privatstunden bezahlen.

Ich habe keine Aussicht auf Privatstunden. Das können wir uns nicht leisten und deshalb ist Theo mein Privatlehrer. Charlotte sagt, dass ich jetzt schöne Fortschritte mache. Ich merke das zwar nicht, aber bei ihren Tests habe ich bessere Ergebnisse, und bei der nächsten Einstufung kämpft Mama wegen der vielen guten Nachrichten mit den Tränen.

Theo und ich reden weiter jeden Abend miteinander. Er erzählt mir von den vielen Hai-Arten, die es gibt. Ich werde seine Faszination wohl nie verstehen, aber ich finde seine Begeisterung großartig.

Theo erzählt, es sei sein größter Traum, beim Great Barrier Reef in Australien zu tauchen.

Dann verstummt er.

»Du?«

Ich schüttele den Kopf.

»Dein Traum?«, erklärt er.

Und ich habe das Gefühl, mit dem Kopf gegen eine Wand zu rennen. Ich spüre, wie sich mein Hals vor Nervosität zusammenschnürt. Und wie die Wörter in einen großen schwarzen Sack gepackt werden. Es ist nicht wie dann, wenn er nach Filmen oder Musik fragt. Er will meinen Traum kennenlernen.

Ich sitze mich halb geöffnetem Mund da und weiß, dass es nicht darum geht, dass ich nicht weiß, wie ich es sagen soll, sondern auch darum, dass ich nicht weiß, was ich sagen soll. Wovon ich ihm erzählen soll.

Früher ist mir das nie schwergefallen. Ich konnte über alles und nichts reden, aber wenn man drei Monate lang zuhören muss, nur zuhören, dann stellt man fest, wie viele belanglose Dinge gesagt werden. Und ich will um nichts in der Welt etwas Belangloses sagen. Schon gar nicht, wenn Theo mich fragt.

»Komm schon«, sagt Theo und lächelt. Aber in diesem Moment scheint sich zwischen uns ein Abgrund aufzutun. Der wird mehrere Kilometer breit, denn er wächst in jeder Sekunde, die ich schweige.

Sag was, Vega, egal, was.

Ich weiß nicht, ob ich einen Traum habe.

»Das weiß ich nicht«, sage ich.

»Du brauchst einen Traum«, sagt er leise. »Das ist wichtig.«

Ich nicke müde, aber ich denke, mein einziger Traum ist es, wieder gesund zu werden.

KAPITEL 20

HAIE

Ich kann mich noch immer daran erinnern, wie Papa weggefahren ist. Das war zwei Monate nach meiner Entlassung. Er konnte sich nicht weiter beurlauben lassen. Oder vielleicht hätte er gekonnt, aber die Sterne riefen und das Gehalt auch. Meine Eltern konnten es sich nicht leisten, beide freizunehmen.

Es war schon beschlossen, als ich aus dem Krankenhaus nach Hause kam, und als sie es mir sagten, war es ja auch in Ordnung. Zwei Monate kamen mir vor wie ein Meer aus Zeit. Ich hatte ja schon Fortschritte gemacht, jetzt würde es schnell gehen. Oder das hatte ich geglaubt. Ich hatte noch nicht begriffen, dass zuerst eine Besserung eintritt, aber dass danach nur noch harte Arbeit kommt.

Und als Papa losfuhr, war noch immer alles das pure Chaos. Alma fing am Gymnasium an, und ich musste einsehen, dass ich nicht in die Schule zurückkonnte.

Papa hatte mich fest an sich gedrückt.

»Ich bin nie weiter weg als ein Anruf«, sagte er und ich schluchzte, obwohl ich das doch gewöhnt war. Es war ja auch so gewesen, ehe ich krank geworden war. Papa arbeitete jetzt seit drei Jahren in der Wüste, aber bei meiner Krankheit hier hatte er wie ein Puffer gewirkt. Er konnte Mama ihren Pessimismus ein bisschen vergessen lassen,

und er konnte Alma beruhigen, wenn sie durchdrehte. Aber jetzt mussten wir allein zurechtkommen …

Na gut. Ich weiß ja, dass ich gesagt habe, dass ich Theo gern besser kennenlernen wollte, und in der vergangenen Woche habe ich jedenfalls eine seiner Eigenheiten sehr gut kennengelernt.

Er ist von Haien wirklich besessen. Er war in dieser Woche fast durchgehend offline, und nur weil ich ihn angestupst und ihm lange Reihen von Fragezeichen geschickt habe, kam eine Antwort. Zuerst hat er einen Link zu Animal Planet geschickt. Dann habe ich eine Stunde gewartet, weil ich dachte, es sei sicher nur eine Sendung, aber dann schickte er einen Trailer.

»Shark Week«, eine ganze Woche jede Menge Zähne und Blut. Und das, finde ich, ist ein bisschen übertrieben … ich meine, ganz ehrlich … Haie? Haiangriffe? Warum soll das so toll anzusehen sein?

Er hat ein YouTube-Video geschickt. Zuerst wollte ich es gar nicht sehen. Ich finde Blut nicht so toll, aber als ich mich zusammengerissen hatte, war ich doch erleichtert, weil gar kein Blut vorkam.

Es war eine Dokumentation. Es ging darum, dass Haie eine besondere Fähigkeit besitzen, um elektronische Impulse zu messen (das habe ich nicht so ganz begriffen). Es war teilweise auf Englisch, und mein Gehirn muss doch noch mit Dänisch richtig durchstarten, und dann gab es eine Menge biologische Fachausdrücke, von denen ich auch nicht weiß, ob ich sie verstanden hätte, wenn mein Gehirn noch funktionierte.

Aber ich hatte verstanden, dass Theo wirklich, wirklich verrückt nach Haien ist, und als wir nun abends vor Skype sitzen, frage ich, was ihn daran so sehr fasziniert.

Er verzieht nachdenklich das Gesicht und ich mache mich für einen langen Redeschwall bereit, aber er antwortet nur mit einem einzigen Wort.

»Wild!«, sagt er.

Ich nicke kurz. Verstehe und verstehe nicht. Wild, wie in *wildes Tier, ungezähmt*. Und ich denke an seine Taucherbilder. Auf irgendeine Weise scheint das alles einen Sinn zu ergeben.

Vielleicht ist es so wie mit Papa und den Sternen. Er wird von ihnen angezogen. Und während Papa zu dem großen Teleskop der Welt gezogen ist, um ihnen ein wenig näher zu kommen, hat Theo sich für das Tauchen entschieden. Er wollte nach ganz unten und in ihre Nähe.

Er erzählt wieder, dass er in Australien tauchen möchte. Dass er seit Jahren spart und dass nichts ihn aufhalten wird. Nicht einmal diese Krankheit. Denn das ist sein Traum.

So, wie er das sagt, werde ich fast neidisch. Ich habe nie so einen Traum gehabt. Etwas, das einfach sein musste. Auf das ich jahrelang hinarbeitete. Ich wollte nur leben. Abitur machen und mir dann ein Studienfach suchen. Ich hatte nicht viel geplant und das war vielleicht gut. Vielleicht wäre es noch schlimmer gewesen, wenn ich einen

Haufen Träume gehabt hätte, die jetzt unterbrochen oder zerschlagen gewesen wären.

Oder vielleicht wäre ich mutig wie Theo gewesen und hätte meinen Traum trotzdem verfolgt.

Und dann fasse ich meinen Entschluss. Im Frühling, wenn ich achtzehn bin und wenn ich mein Kindersparbuch anbrechen kann, buche ich eine Reise in die Atacamawüste. Fahre zu Papa und in die Wüste und sehe mir das größte Teleskop der Welt an. Nicht, weil das mein Traum ist, sondern weil ich meinen Vater verstehen möchte. Um zu sehen, warum er weggegangen ist.

Theo verschwindet wieder, als eine weitere Hai-Reportage losgeht. Ich sehe mir ein wenig den jetzt leeren Bildschirm an. Dann stehe ich auf und gehe zu Alma hinüber. Mir ist gerade aufgegangen, dass unsere Sparbücher vielleicht nicht nur mein Problem lösen können, sondern auch ihres. Wenn sie ihres früher anbrechen dürfte, könnte sie nach London fahren und auf diese Theaterschule gehen.

»Was?«, fragt sie und sieht noch missgelaunter aus als beim letzten Mal.

Ich öffne den Mund. Ich fange an zu erklären, aber ich kann sehen, wie sich Almas Gesicht verdüstert, jedes Mal, wenn ich patze, und am Ende verstumme ich und hole das Bilderbuch.

Ich zeige auf Papa und Flugzeug und Sandkasten (im Buch gibt es kein Wüstenbild), und dadurch kann Alma alles erraten.

»Du willst Papa besuchen«, sagt sie endlich.

Ich nicke.

»Wie willst du das finanzieren?«

Das dauert länger. Ich winke mit einem Fünfziger, zeige auf einen Laden im Buch (es gibt keine Bank) und erst nach vielen Versuchen trifft Alma das Richtige.

»Das Sparbuch!«

Ich nicke.

»Willst du das wirklich dafür verwenden?«, fragt sie.

Ich zucke mit den Schultern. Ich weiß ja, dass es keine großen Summen sind. Mit 20.000 Kronen kommt man nicht weit, aber es müsste ausreichen, um Papa zu besuchen.

Ich zeige auf sie.

»Nein, ich will nicht mit«, sagt sie. »Was soll ich denn in einer Wüste?«

Ich schüttele den Kopf. Dann zeige ich auf ihre Filmplakate.

Sie runzelt die Stirn. Ich gehe zu ihrem Schreibtisch, fische die Papiere von der Schule in London hervor, die noch immer dort liegen.

Ich hatte gedacht, sie würde sich freuen, aber sie zuckt nur mit den Schultern.

»Ist doch egal«, sagt sie.

»Aber …«

Sie schüttelt den Kopf.

»Ich möchte allein sein.«

Ich gehorche und gehe.

Es wird spät, aber ich kann nicht einschlafen. Meine Gedanken drehen sich immer wieder um die Frage, warum Alma nicht nach London will. Sie hatte so entschlossen gewirkt, aber dann fällt mir ein, was Mama gesagt hat. Dass Alma ihr bei mir helfen muss.

Ich bohre mir die Fingernägel in die Handfläche. Wieder ist es meine Schuld …

Ich schaue aus dem Fenster. Die Sonne hängt wie ein roter Ball am Himmel. Ich muss unbedingt raus.

»Ich gehe«, sage ich zu Mama.

»Gut, isst du bei Theo?«, fragt sie.

Ich schüttele den Kopf. Ich werde Theo nicht besuchen. Heute nicht. Er geht mit seinen Eltern zu irgendeinem Vortrag über Australien. Bestimmt handelt es von dieser Haitour, die er unbedingt machen will.

Ich hole meine Rollschuhe und den iPod aus dem Schrank. Mit Musik in den Ohren rolle ich zum Strandpark von Amager hinunter.

Ich bleibe unten am Strand stehen. Starre einfach auf das Wasser hinaus, während die Musik auf Hochtouren läuft. Ich wähle die schnellen Lieder aus, die heftigen, die voller Geschrei und Wut. Sie bilden einen schrillen Kontrast zu den Wellen, die sich fast träge der Mole nähern.

Der Wind wirft Sand über den Weg.

Im sichtbaren Universum gibt es mehr Sterne, als Sandkörner auf der ganzen Erde, hat Papa einmal gesagt, als ich fragte, ob er nicht bald alle entdeckt hätte.

Wenn ich daran denke, fühle ich mich unendlich klein. Bedeutungslos. Ich bin nur eine in einem riesigen Universum. Und irgendwie ist das ein größerer Trost, als wenn Mama sagt, dass Gott mit allem einen Sinn verbindet. Denn dann werde ich nur wütend. Wenn Gott mir das hier angetan hat, dann verzeihe ich ihm nicht.

Ich schaue wieder den Strand an. Mehr Sterne als Sandkörner. Da ist es klar, dass niemand alles im Auge behalten und helfen kann. Dass wir selbst sehen müssen, wie wir zurechtkommen. Und niemand ist schuld. Jemand muss in der Lotterie des Lebens die Niete ziehen, und diesmal war ich das. Und ein bisschen auch Alma, weil sie das Pech hat, mich zur Schwester zu haben.

Eine Hand landet auf meiner Schulter.

Ich drehe mich um.

Mathias. Mein alter Dänischlehrer. Seine Lippen bewegen sich und ich ziehe die Ohrstöpsel heraus.

»Hallo, Vega«, sagt er.

»Hallo«, sage ich und würde am liebsten sofort fliehen. Einfach aufstehen und abhauen. Meine Ohrstöpsel hängen einfach auf meine Schultern und spielen noch immer laut Musik.

»Schön, dich zu sehen«, sagt er. »Wie geht's denn?«

Seine Worte sind freundlich, aber sie erinnern mich nur daran, woran ich nicht denken will. Dass das ganze Gymnasium damals zur Vollversammlung gerufen wurde. Damit alle von meinem Unfall hören könnten.

»Gut.«

»Wie schön. Du fehlst uns in der Klasse. Gibt es etwas Neues darüber, wann du zurückkommst?«

Bei dieser Frage muss ich fast lächeln. Zurück. Das klingt so, als ob er das wirklich glaubt. Als ob ich wirklich in der Klasse wieder einsteigen und das Versäumte aufholen könnte.

»Nein«, sage ich nur.

»Aber das mit der Sprache geht schon besser?«

»Bisschen.«

»Johan ist zum Schulsprecher gewählt worden, hast du das gewusst?«

Ich nicke. Obwohl ich wirklich nichts über Johan hören will. Und ich staune darüber, dass er es erwähnt. Vielleicht ist die Beziehung von Ida und Johan also doch nicht öffentlich bekannt.

»Er hat eine Menge guter Vorschläge durchgebracht. Unter anderem, dass wir jetzt bei allen Festen Wachen aufstellen«, sagt er. »Was dir passiert ist … dieses Fest, das ist doch total aus dem Ruder gelaufen. Wir haben Drogen gefunden und Leute, die dort gar nichts zu suchen hatten.«

»Wer?«, frage ich. Während ich an die Leute auf den Bildern denke, die ich nicht erkannt habe. Ich hatte gedacht, ich hätte einfach keinen richtigen Überblick über die Parallelklassen, aber vielleicht waren die also gar nicht von unserer Schule.

»Einige Mädchen aus der x waren bei den zehnten Klassen und hatten denen Eintrittskarten verkauft.«

»Woher ihr wissen?«

Er blinzelt ein wenig, als er meinen verstümmelten Satz hört, aber dann redet er netterweise weiter, als ob alles seine Ordnung hätte.

»Einem Mädchen musste der Magen ausgepumpt werden. Ihre Eltern wollen die Schule verklagen, weil wir keine Ausweiskontrolle durchgeführt haben.«

Plötzlich ändert sich sein Gesichtsausdruck. »Äh, ja, aber das wollte ich dir eigentlich nicht sagen …«

Er fährt sich mit der Hand durch die Haare, als ob er Angst hat, ich könnte auch auf die Idee kommen, die Schule zu verklagen. Aber man verklagt doch wohl niemanden, weil man gestolpert ist, es sei denn, man lebt in den USA – und die offizielle Erklärung ist ja noch immer, dass ich gestolpert bin.

Aber jetzt haben seine Worte alles wieder aufgerissen, und ich würde am liebsten nach Hause laufen und mir alle Bilder ansehen und überlegen, ob einige von denen, die ich nicht identifizieren konnte, wohl aus diesen zehnten Klassen kommen. Aber was hilft das denn? Es ist ja trotzdem kein Pfauenmädchen dabei.

Mathias sagt noch mehr, was ich nicht höre, und ich nicke nur.

»Na, jetzt muss ich weiter. Aber glaub mir, es gibt viele, die dich vermissen.«

Abends, als Theo zu Besuch kommt, erzähle ich ihm, was Mathias gesagt hat. Ich will schon zu Facebook, um die Bilder wieder auszudrucken, aber Theo hält mich zurück.

»Ist das wichtig?«, fragt er.

»Ein bisschen«, sage ich. Wenn ich herausfinden kann, wer sie sind, ist es möglich, dass es weitere Bilder auf ihrem Profil gibt, und dass ich da vielleicht das Pfauenmädchen finde.

Theo streichelt meine Wange. Er zeigt auf sich und mich.

»Wichtiger«, sagt er und küsst mich, und die Küsse tragen den Sieg über die Ermittlung davon.

KAPITEL 21

ANGEBUNDEN

Als Papa dann weg war, hatte ich einige furchtbare Wutanfälle. Ich konnte Mama und Alma anbrüllen, wenn sie nicht verstanden, was ich wollte. Oder wenn sie mir eine Frage stellten, die sie unmöglich beantworten konnten.

Mama machte sich große Sorgen. Und sie fing an, mich zu überwachen und das auch von Alma zu verlangen. Ob es daran lag, dass Mama Alma ihr soziales Leben nahm, oder daran, dass ich die ganze Zeit brüllte und tobte, weiß ich nicht, aber bald war Alma genauso wütend wie ich. Doch an mir ließ sie das nicht aus. Sondern an Mama.

»Du zerstörst mein Leben!«, konnte sie zum Beispiel rufen.

Oder sie schrie Lucas an, wenn er etwas sagte oder tat, was ihr nicht passte.

Ich begriff nicht, dass er sich das so lange gefallen ließ.

Man vertäut ein Boot im Hafen und bindet ein Pferd im Stall an und jetzt hat die Welt mich an Theo gebunden. Hat uns gewissermaßen aneinander vertäut. Wir sprechen jeden Tag mehrere Male miteinander. Und besuchen uns gegenseitig mehrmals jede Woche, wenn wir das mit unserem Sprechtraining auf die Reihe bekommen. Das wird immer schwieriger, seit Theo Privatunterricht hat, deshalb kommt er jetzt nur noch her. Mama findet es schön, dass er bei uns isst, und Alma beklagt sich ebenfalls nicht. Auch wenn sie mir manchmal ein bisschen einsam vorkommt. Sie ist jedenfalls nun noch verschlossener als sonst. Und jetzt redet weder sie noch Mama vom Gymnasium oder von London. Sie sind einen stummen Waffenstillstand eingegangen.

Theos Erfolgskurve geht steil nach oben, das zeigt sich nicht nur in den Tests. Ich merke das auch, wenn wir miteinander reden. Seine Sätze werden jede Woche länger. Erinnern mich an Bambus, der einfach zum Himmel hochwächst, während ich noch immer bei den einsilbigen Wörtern festhänge.

Er hat auch angefangen zu schreiben. Brilliert damit, dass er mir reizende kleine Nachrichten schickt, in denen ich alles Reizende und Impulsive zerstöre, weil ich jedes Mal Alma holen muss, damit sie sie mir erklärt.

»Meine Logo … Logopädin sagt, wenn ich in dem Tempo tue, ich bald wieder sauber kann reden. Vielleicht schon im Februar.«

Er ist ein einziges großes Lächeln, das ich erwidere, aber es kommt mir nicht ganz echt vor. Warum freue ich mich nicht für ihn?

Warum bin ich so mit meinen eigenen Angelegenheiten beschäftigt, dass ich nur denken kann, dass er mit zweihundertzwanzig Stundenkilometern auf »Normal«

zubraust, während ich noch immer im Land der Missgeburten gefangen bin?

Er will heute Abend sehr viel reden, aber ich schütze eine Halsentzündung vor.

Nach drei Tagen taugt diese Entschuldigung nicht mehr und Theo sieht mich über Skype besorgt an.

»Warum willst du fast nie mehr mit mir reden?«, fragt er.

»Will ich doch«, sage ich nur.

»Nein«, sagt er. »Du sagst nicht mehr viel, nicht wie … sonst.«

Wie sonst. Ich denke an die Wellen des Geplauders, die wir hatten.

Ich zucke mit den Schultern, registriere aber seinen enttäuschten Blick.

»Was ist los?«

Ich sehe ihn an und weiß, ich muss ihm die Wahrheit sagen, aber dazu fehlen mir die Wörter.

Ich greife zu einem Stück Papier.

Zeichne ein Strichmenschlein und zeige darauf.

»Du«, sage ich und er nickt.

Ich zeichne einen Pfeil zur anderen Seite des Zettels.

Dort zeichne ich noch ein Strichmenschlein. Dem ziehe ich ein Kleid an, was blödsinnig ist, weil ich fast nie mehr ein Kleid trage.

»Ich«, sage ich, und wieder nickt er.

Dann zeichne ich vor mir eine Mauer.

»Das kommt«, sagt er.

Ich schüttele den Kopf.

Zeichne einen Pfeil zum Kopf meines Strichmenschleins. Male darin ein großes Loch.

»Es kommt«, sagt Theo noch einmal.

»Du … weg«, sage ich.

»Nein«, sagt er.

Ich zeichne noch ein Strichmenschlein im Kleid an das Ende seines Pfeils.

»Nein«, sagt er noch einmal. »Ich liebe dich.«

Das ist das Flüssigste, was er an diesem ganzen Abend gesagt hat. *Er liebt mich.*

»Und du liebst mich«, sagt er.

Ich nicke.

»Versuch, das zu sagen«, sagt er.

Ich schüttele den Kopf. »Kann nicht …«

»Doch, versuch.«

Ich würde gern den Kopf schütteln, aber er blickt mich so auffordernd an, obwohl alles in mir vor Angst aufschreit. Bin wie ein an Land geworfener Fisch, der zappelt und alles tun würde, um sich zu retten.

»Sang das.« Sein kleiner Sprachfehler überzeugt mich dann. Ich muss es versuchen. Es ist nicht gefährlich, sage ich mir. Er weiß, wie es ist. Er war selbst auch einmal eine hilflose Qualle.

»Ich …«, sage ich. »Lippe … dich.«

»Fast, noch mal«, sagt er. »Ich liebe dich.«

»Ich lippe dich.«

»Noch mal«, sagt er und ich würde am liebsten wegrennen. Ich höre ja selbst, dass es nicht richtig ist.

»Nein«, sage ich.

»Doch.«

»Nein.« Ich zeichne zwei Figuren und dazwischen ein Herz.

»Du und ich«, sage ich.

»Aber versuch, das zu sagen.«

Ich schüttele den Kopf und logge mich aus.

Krieche unter der Decke zusammen. Mein Handy piepst. Ich strecke die Hand danach aus. Die Nachricht ist von ihm, das sagt das kleine Herz. Sie besteht nur aus einem Fragezeichen.

Ich schicke ein Herz zurück.

Er schickt noch ein Fragezeichen und jetzt antworte ich nicht mehr.

Verschwinde ganz unter der Decke. Zwinge die Angst zu verschwinden. Wie eine Spinne kriecht sie nach ganz hinten in meine Gedanken. Liegt dort auf der Lauer.

»Ich … liebe … dich«, flüstere ich.

Drei Tage später sage ich es ihm, aber nicht per Skype. Ich flüstere es ihm ins Ohr, als wir bei ihm zu Hause sind. Und er braucht es nicht zu sagen. Ich weiß, ich habe es richtig gesagt, und wir verschwinden in Küssen und etwas, das mehr geworden wäre als Küsse, wenn nicht Hans, Theos Vater, geklopft hätte, um uns zum Abendessen zu rufen.

Und als wir nach dem Essen wieder anfangen wollen, klingelt mein Telefon. Zuerst starre ich es nur an. Seit ich mit Johan Schluss gemacht habe, melden er und Ida sich nie wieder, und sie waren fast die Einzigen, die mich jemals auf dem Handy angerufen haben.

Es ist eine Nummer, die ich nicht kenne, und ich will es schon klingeln lassen, dann bin ich aber doch zu neugierig.

»Hallo?«, frage ich.

»Hier ist Lucas«, sagt eine Stimme. »Du weißt schon, Almas … Bekannter.«

»Ja«, sage ich nur, während Theo meinen Nacken küsst und ich es schwer finde, mich zu konzentrieren.

»Alma geht es nicht so gut«, sagt er. »Sie hat ein bisschen zu viel getrunken. Kannst du sie holen?«

»Öh …«

»Sie will nicht, dass ich eure Mutter anrufe.«

Eine halbe Stunde später finden Theo und ich die beiden. Sie sitzen auf dem Bordstein vor einer Kneipe. Almas Haut ist ganz grau und sie schluchzt ein bisschen. Lucas hat nur vorsichtig den Arm um sie gelegt.

»Alma«, sage ich und sie schaut auf. Sie riecht nach einer Mischung aus Alk und Kotze. Und vielleicht auch ein bisschen nach Hasch? Aber Alma raucht doch gar nicht.

»Entschuldigung«, sagt sie und schluchzt wieder. Auf ihrem Kleid und ihren Haaren sehe ich Kotzereste.

Ich zucke nur mit den Schultern.

»Nach Hause«, sage ich vorsichtig und greife nach ihr.

Mühsam stelle ich sie auf die Beine, und Theo kommt dazu, um zu helfen.

»Danke«, sage ich zu Lucas, als wir Alma zum Stehen gebracht haben.

»Pass auf sie auf, ja?«, bittet er.

Ich nicke.

Wir bugsieren sie hinaus auf die Hauptstraße, und Theo versucht, ein Taxi herbeizuwinken.

»Entschuldigung«, sagt Alma immer wieder. Ich gebe keine Antwort. Sie hat so viel für mich getan, da kann ich ja wohl das hier für sie tun.

»Du bist lieb«, sagt Alma zu Theo. »Gut, dass Vega dich hat.«

Die beiden ersten Taxis fahren nicht einmal langsamer, obwohl die Taxischilder eingeschaltet sind. Vielleicht liegt es daran, dass Alma aussieht, als ob sie jeden Moment wieder loskotzen könnte. Endlich hält eines. Der Taxifahrer kurbelt das Fenster herunter.

»Geht es ihr schlecht?«, fragt er.

Ich nicke. Lügen hätte hier doch keinen Sinn.

»Wenn sie sich im Auto erbricht, dann bezahlt ihr die Reinigung«, sagt er.

Wieder nicke ich.

»Gut«, sage ich.

»Wohin?«

Ich ziehe meine Versichertenkarte hervor und zeige auf die Adresse.

Wir manövrieren Alma auf die Rückbank. Ich setze mich neben sie, Theo nimmt vorne Platz. Als der Motor angelassen wird, hören wir einen Piepton.

»Du musst sie anschnallen«, sagt Theo.

»Ja«, sage ich und schiebe Alma zur Seite, damit ich den Gurt befestigen kann. Und dann fahren wir, und zum Glück schafft Alma es bis nach Hause, ohne sich noch einmal zu erbrechen.

Theo hilft mir, sie die Treppe hochzubringen.

Und jetzt kann ich ihr leider nicht mehr helfen. Denn natürlich hört uns Mama und natürlich ist sie sauer. Ich dagegen mache mir Sorgen. Alma hat doch sonst nie viel getrunken. Liegt das am Gymnasium und der Theaterschule in London? Oder ist sie noch immer traurig, weil sie mit Lucas Schluss gemacht hat? Heute Abend war er wirklich für sie da, wenn sie also wieder mit ihm zusammen sein möchte, könnte das doch möglich sein. Es war lieb von ihm, mich anzurufen. Und noch lieber war Theo, der mir geholfen hat, meine sturzbetrunkene Schwester nach Hause zu schaffen.

KAPITEL 22

EIN GANZES WOCHENENDE

Ich weiß noch, wie Johan und ich zum ersten Mal Sex hatten. Das war nach einer Demo im Gymnasium, bei der wir die Türen blockiert hatten, damit die Lehrer nicht hereinkönnten. Es war ein Protest gegen Sparmaßnahmen. Danach zogen wir mit vielen anderen Klassen zum Rathausplatz und es gab Reden und Musik. Und jede Menge Bier. Johan war absolut gegen das mit dem Bier gewesen. Er wollte nicht, dass die Politiker oder die Presse einen falschen Eindruck bekämen. Wir machten das ja nicht, um uns volllaufen zu lassen. Wir wollten unsere Botschaft vermitteln.

Also tranken weder Johan noch ich besonders viel und Johan konnte sich einen Fernsehreporter krallen und ein leidenschaftliches Interview geben.

Nach der Demo gingen wir zu ihm nach Hause, um zu sehen, ob wir in den Nachrichten erwähnt würden. Das wurden wir und das feierten wir mit Rotwein. Johans Eltern waren nicht zu Hause, deshalb hatten wir das Haus für uns.

Der Wein machte uns richtig albern, aber ich erinnere mich doch an das prickelnde, nervöse Gefühl, als wir unter die Decke krochen und zum ersten Mal beide nackt waren.

Mama fährt an diesem Wochenende auf ein Seminar für Journalisten. Sie wird mehrere Tage weg sein und Alma soll meine Babysitterin spielen. Ich finde das unerträglich! Wann kapiert Mama endlich, dass ich kein Baby bin, das gehütet werden muss! Alma ist auch sauer, denn es gibt ein großes Fest in der Schule, auf das sie sich gefreut hatte. Aber Alma widerspricht nicht. Sie öffnet den Mund, aber es kommt kein Ton heraus. Vielleicht weiß sie, dass sie verloren hat, so, wie sie sich vorige Woche danebenbenommen hat.

»Ich kann doch auf mich selbst aufpassen«, sage ich, aber keine antwortet, und so war es wohl nicht zu verstehen.

»Ich. Gut. Allein«, versuche ich es noch einmal.

»Alma wird ja wohl mal auf ein einzelnes Fest verzichten können«, sagt Mama. »Ich glaube sogar, es würde ihr guttun, nicht so oft auf diese Partys zu gehen. Dann könnte sie vielleicht im Unterricht besser aufpassen.«

Alma windet sich unter Mamas Worten.

»Aber …«, sage ich.

»So machen wir das«, sagt Mama. »Es ist nicht gut für dich, so viel allein zu sein, Vega. Und was, wenn etwas passiert?«

Ich verdrehe die Augen. Man könnte denken, ich wäre ein Baby und könnte an meinem Spielzeug ersticken! Also echt! Und ich wäre ja auch gar nicht allein. Theo könnte zu mir kommen. Es könnte ein richtig schöner Samstagabend werden, wenn Alma auf ihre Party ginge, denn dann wären nur er und ich zu Hause.

An diesem Abend heule ich mich bei Theo aus.

»Du kannst zu mir kommen«, sagt er. Seine Sprachfähigkeiten machen weiterhin Meteorsprünge.

»Wirklich?«, frage ich.

Er nickt. »Sommerhaus. Du, ich, Eltern. Hast du Lust?«

»Tja …«

»Ich frag meine Mutter«, sagt er und verschwindet von der Webcam. Lächelnd kommt er dann zurück.

»Sie hat Ja gesagt. Sie ruft nachher deine Mutter an.«

Mama gibt ihr Okay zu diesem Wochenendausflug, und ich hatte gedacht, das würde Almas Probleme lösen, aber nein, Mama besteht darauf, dass Alma nicht auf das Fest geht.

»Du bist ungerecht!«, ruft Alma.

»Das ist mein Ernst«, sagt Mama. »Ich rufe hier an, und du hast da zu sein, wenn das Telefon klingelt.«

Alma tut mir leid, aber trotzdem freue ich mich doch auf meine Wochenendtour mit Theo.

»Ein ganzes Wochenende. Du und ich«, sagt er.

Ich nicke. Selbst auf dem Bildschirm kann ich sehen, dass unsere Blicke einen besonderen Glanz haben. Wir hatten noch nie Sex. Anfangs war ich noch nicht so weit, und die letzten beiden Male, wenn wir fast dabei waren, wurden wir von meiner Mutter gestört.

Und obwohl wir nie über Sex geredet haben, kann ich mich plötzlich nicht mehr beherrschen.

»Wie viele?«

»Wie viele was?«, fragt er.

Ich zeige mit den Fingern. Sex.

Seine Wangen glühen und ich muss mein Grinsen unterdrücken. Ich hätte nie gedacht, dass ich ihn zum Erröten bringen könnte.

Er schüttelt den Kopf.

»Komm schon«, sage ich.

»Was meinst du?«, fragt er.

Ich sehe ihn lange an. Er ist siebzehn, so wie ich. Aber das kann alles bedeuten. Er ist Taucher. Ich denke an das bisschen, was ich von seinem Körper gesehen habe. Wenn er wollte, könnte er jede Menge Mädchen haben, aber er hat immer nur diese eine Verflossene erwähnt. Ich nage an meiner Lippe. Es ist eine schwierige Frage. Wenn ich zu niedrig tippe, beleidige ich ihn vielleicht, und, wenn ich zu hoch liege vielleicht ebenfalls.

»Drei«, sage ich. Das ist das Erste, was mir einfällt. Das würde zwei andere Mädchen vor Ea bedeuten.

Er schüttelt den Kopf und zeigt nach unten. Weniger.

»Zwei?«

Wieder schüttelt er den Kopf.

»Eine?«, frage ich. Abermals das Kopfschütteln.

»Nie?«

Seine Wangen sind jetzt tiefrot.

»Ea …?«

Er schüttelt den Kopf.

»Sie wollte noch warten, und ich, ich hab das ak … aktioniert, aber dann hat sie Schluss gemacht.«

Ich muss einfach lächeln, nicht nur, weil er aktioniert sagt, statt akzeptiert, aber auch ein bisschen, weil ich es niedlich finde, dass sie warten wollte und dass er sie nicht bedrängt hat. Er ist also Jungfrau. Auf diese Idee wäre ich niemals gekommen. Und plötzlich finde ich es wahnsinnig peinlich, dass ich ihn gefragt habe.

Als ich Johan kennengelernt habe, war er schon mit zwei Mädchen zusammen gewesen. Beide hatte er auf einem politischen Sommerlager kennengelernt. Nur Flirts. Ich war seine erste feste Freundin. Ich und jetzt ... Ida.

»Du?«, fragt Theo.

»Einer«, sage ich.

»Johan?«, fragt er.

Ich nicke.

Dann entsteht zwischen uns ein seltsames Schweigen.

»Findest du das ... seltsam?«, fragt er.

Ich schüttele den Kopf.

»Niedlich«, sage ich.

Er seufzt, und mir fällt ein, dass Johan einmal gesagt hat, dass Jungen absolut nicht niedlich genannt werden wollen. Dass sie sich dann vorkommen wie ein Hundebaby oder so.

»Willst du ... warten?«, frage ich dann.

Er zuckt mit den Schultern.

»Nein«, sagt er dann. Und die Stimmung zwischen uns ist noch immer ganz seltsam, weil wir nicht so richtig wissen, ob wir ganz allgemein reden oder dieses Wochenende meinen.

Ich packe sicherheitshalber Kondome ein. Weil es doch schwachsinnig wäre, wenn sich schon die Gelegenheit bietet, es dann von einer solchen Blödheit ruinieren zu lassen, wie dass wir keine Kondome zur Hand haben. Und ich habe noch immer welche, die Johan und ich gekauft hatten. Ich habe mich nie dazu aufraffen können, zum Arzt zu gehen und mir die Pille verschreiben zu lassen, und Johan konnte zum Glück sehr gut verstehen, dass ich mir den Körper nicht mit Hormonen vollstopfen lassen wollte. Der wahre Grund war eigentlich eher, dass ich die Vorstellung nicht ertragen konnte, dass meine Mutter davon erfahren würde, und auf die gynäkologische Untersuchung, die dazugehört, hatte ich auch keine Lust.

Das Sommerhaus liegt in Frederiksværk und sie holen mich mit dem Auto ab. Theo steigt aus und küsst mich sehr lange, und das ist mir ein bisschen peinlich, denn seine Eltern warten ja auf uns.

»Hallo, Vega, schön, dich wiederzusehen«, sagt Lisbeth, als wir fertig sind.

»Ich hoffe, du hast warme Sachen eingepackt«, sagt Theos Vater. »Der Boden im Haus kann ganz schön kalt werden.«

»Wir machen einfach ein Feuer im Kamin, wenn du frierst«, sagt Lisbeth, und ich nicke zu allem, als Theo und ich uns auf die Rückbank setzen und losfahren.

Theos Vater scheint mich in Frederiksværks lange Geschichte einführen zu wollen. Er zeigt mir auch Orte, wo Aufnahmen für verschiedene Fernsehserien gemacht worden sind.

Seine Eltern sind viel lässiger als meine Mutter. Wir bekommen ein gemeinsames Zimmer. Mama hätte uns getrennt schlafen lassen. Johan durfte nie bei uns übernachten, auch wenn Mama doch unmöglich gedacht haben kann, ich sei noch Jungfrau. Aber sie wollte das eben nicht. Vielleicht wäre es anders gewesen, wenn Papa zu Hause gewesen wäre. Er ist mit dem Thema Sex immer schon entspannter umgegangen.

Aber zum Glück sind Theos Eltern absolut realistisch. Und es tut gut, wieder wie eine Siebzehnjährige behandelt zu werden. Ich kann sehen, dass sie sich wirklich Mühe geben, und wenn sie zu viel fragen, schaut Theo sie nur an und dann hören sie sofort auf.

Wir machen einen langen Spaziergang am Strand und jetzt erzählt Theos Mutter. Sie redet über Theos Kindheit. Wie er hier beim Sommerhaus schwimmen gelernt hat.

Er war schon als kleines Kind total verrückt nach dem Wasser. Und ich beobachte Theo. Wie er das Wasser ansieht, sagt mir, dass er sich schon längst in die Wellen gestürzt hätte, wenn nicht November wäre.

Abends machen wir im Kamin ein Feuer und essen Schollenfilets, die wir im Hafen gekauft haben. Dann sehen wir ein bisschen fern, ehe seine Eltern mitteilen, dass sie jetzt schlafen wollen. Als sie ihre Schlafzimmertür geschlossen haben, gehen wir in unser Zimmer.

Die Betten stehen einander gegenüber an der Wand.

»Sollen wir?«, fragt Theo und nickt zu den Betten hinüber.

Ich nicke auch und wir schieben sie zusammen. Dann sehen wir einander lange an. Wir sind wie zwei Planeten, die ins gegenseitige Gravitationsfeld gezogen werden. Er findet meine Hand, verschränkt seine Finger mit meinen und zieht mich an sich.

Wie legen uns unter die Decke. Schmiegen uns aneinander und wärmen uns gegenseitig. Wir bleiben lange so liegen und sehen uns nur an. Ich mache den ersten Schritt. Ich küsse ihn. Und es ist keiner von den raschen, kleinen Küssen, sondern ein langer, tiefer. Ein Kuss, der mehr verheißt.

Ich muss hier die Führung übernehmen, denke ich. So war das jedenfalls mit Johan. Da wusste er, wie man ... das alles macht. Und jetzt bin ich das. Es ist eigentlich ganz schön stark – die Vorstellung, dass ich seine Erste bin.

Theo atmet jetzt schwerer. Ich küsse seinen Hals. Ich finde es wunderschön, zu sehen, wie sein Körper auf meine Küsse reagiert. Seine Hände gleiten über meinen Rücken. Er berührt mich auf eine ganz andere Weise als Johan. Er lässt sich Zeit und streichelt langsam und ruhig jeden Zentimeter.

Ich drossele mein eigenes Tempo, um ihm zu folgen.

Dann ziehe ich mein Top aus und er trennt sich von seinem T-Shirt.

Er streicht mir eine Haarsträhne aus dem Gesicht und

küsst mich. Seine Küsse bewegen sich auf eine Weise vom Hals zu meiner Brust, die mir sagt, dass ich zwar seine Erste bin, dass es ihm aber nicht an Begabung fehlt.

Wir schmiegen uns noch enger aneinander. Liegen Haut an Haut da. Er macht sich an meinem BH zu schaffen, kann ihn nach einigen Versuchen aber öffnen. Er streichelt meine Brust und ich lasse meine Hände langsam zu seinen Boxershorts hinunterwandern. Streichele und locke. Bringe ihn dazu, zu seufzen und am ganzen Leib zu zittern.

Ich strecke die Hand nach meiner Tasche aus. Ziehe die Kondome heraus.

Ich halte ihm eins hin. Fragend.

Er nickt. Und ich muss einfach ein bisschen angeben, deshalb streife ich es ihm mit den Lippen über. Nun seufzt er noch tiefer.Und dann wird er von mir entjungfert.

Am Morgen herrscht zwischen uns eine ganz besondere Stimmung. Als ob wir unser eigenes Geheimnis hätten. Und ich kann sehen, dass wir beide an die vergangene Nacht denken. Mit Theo zusammen zu sein ist etwas ganz anderes als mit Johan. Es war nicht nur Pflicht und Schuldigkeit. Zusammen mit Theo habe ich meine Lust wiedergefunden. Eine Lust, die jetzt, wo sie erwacht ist, gar nicht genug bekommen kann. Und Theos Debüt verheißt nur Gutes für die Zukunft, und wenn seine Eltern uns nicht zum Frühstück gerufen hätten, hätten wir es sicher noch einmal gemacht.

Heute steht eine lange Waldwanderung auf dem Programm. Und hier am zweiten Tag fällt mir auf, dass Theos Eltern mich mehr fragen als am Vortag. Aber nicht auf eine unangenehme Weise. Sie wollen mich einfach besser kennenlernen.

»Was hast du denn vor, wenn du wieder gesund bist?«, fragt Lisbeth. Es gefällt mir, dass sie »bist« sagt und nicht »wirst«.

»Gymnasium«, sage ich.

»Ja, als es passiert ist, warst du im vorletzten Jahr, nicht?«, fragt Theos Vater.

Ich nicke.

»Welcher Zweig?«, fragt seine Mutter.

Ich öffne den Mund, aber dann schüttele ich nur den Kopf.

»Ist schon gut«, sagt Theos Mutter. »Theo ist auch manchmal nervös, wenn er mit Leuten zusammen ist, die er nicht so gut kennt, aber das brauchst du doch nicht zu sein. Wir sind von Theo allerlei gewöhnt.«

»Theo ist tüchtig«, sage ich.

»Das bist du auch«, sagt Theo.

Ich schüttele den Kopf. Nicht wie er und das weiß er auch gut.

»Wohin gehst du zur Therapie?«

»Sozialamt«, sage ich.

»Du solltest es auch mit Privatstunden versuchen«, sagt Theos Vater.

»Ja, das hat wirklich Fortschritte gebracht«, sagt Theos Mutter. »Und die nehmen sich auch viel mehr Zeit.«

Ich nicke. Ich habe das ja auch gemerkt. Bei Theo geht es wirklich in großen Sprüngen vorwärts.

»Geld«, sage ich nur.

»Ja, das ist teuer«, sagt Theos Vater. »Wenn wir hierblieben, hätten wir wohl auch gewartet.«

»Hier blieben?«, frage ich und sehe Theo an. Aber er weicht meinem Blick aus.

»Ja, wir gehen im Sommer doch nach Australien«, sagt Theos Mutter. »Das hat Theo dir bestimmt erzählt.«

Ich starre nur Theo an. Er hat über Australien gesprochen. Über das Great Barrier Reef. Er hat gesagt, dass er eines Tages hinfahren will, aber nicht, dass es schon so bald passieren wird.

»Wie lange?«, frage ich.

»Ein Jahr«, sagt Theos Mutter. »Es ist ein Forschungsprojekt, an dem Hans mitwirken wird. Es geht um Seeschlangen.«

Meine Finger rutschen aus Theos, aber er greift nach ihnen. »Spannend«, sage ich nur.

Als wir zum Sommerhaus zurückkommen, gehen wir sofort aufs Zimmer. Ich lasse mich aufs Bett sinken und schlage die Arme übereinander.

»Du gehst weg …«, sage ich.

»Ich …«

»Du hast gelogen …«

»Nein, ich …« Er bleibt immer wieder stecken, und das liegt nicht daran, dass er die Wörter nicht finden kann.

»Wie lange weißt du das schon?«, frage ich.

Er macht so ein seltsames Gesicht, und ich weiß, ich habe das nicht so sagen können.

»Wann ... das ... beschlossen?«

»Schon lange. Als wir uns noch nicht kannten.«

Ich seufze nur. Lange. Ein halbes Jahr geht schnell vorbei. Es ist schon zwei Monate her, dass ich Theo beim Workshop kennengelernt habe.

»Ich hatte Angst, dass du ... dass du mich dann nicht willst«, sagt er endlich.

Ich gebe keine Antwort. Er hat ja recht. Ich wäre unter gar keinen Umständen seine Freundin geworden, wenn ich gewusst hätte, dass er weggehen würde.

»Dann sollte ich nur ein Zeitvertreib sein?«, frage ich. »Und dich unterhalten, bis du losfährst?« Ich schreie ihn an und nicht alles kommt richtig heraus.

»Entschuldige.«

»Ich will nach Hause.«

»Nein ...« Er greift nach meiner Hand, aber ich ziehe sie zurück.

»Ich will nach Hause!«, sage ich noch einmal.

Theo kommt näher, aber ich verlasse das Zimmer. Seine Eltern sitzen dicht nebeneinander auf dem Sofa und starren ins Kaminfeuer.

»Ich will nach Hause«, sage ich.

KAPITEL 23

GANZ WEG

Das Sommerfest war das größte Fest auf dem Gymnasium. Und Ida und ich wollten unbedingt fantastisch aussehen. Also machten wir eine Shoppingrunde nach der anderen, kauften Schuhe, Make-up und die letzten Requisiten für unsere Kostüme. Wir hätten uns auch fast neue Kostüme gekauft, weil wir plötzlich gar nicht mehr wussten, ob die, die wir uns ausgesucht hatten, wirklich gut genug waren.

»Vielleicht ist Polizistin zu normal«, sagte Ida nach einer weiteren Einkaufsrunde. »Was, wenn sich von den anderen auch ganz viele als Polizei verkleiden?«

»Wenn es Typen sind, macht das doch nichts«, sagte ich.

»Vielleicht nicht«, sagte Ida mit einem Schmollmund. »Vielleicht bringt mir das ja sogar Pluspunkte …«

»Ich hab dich im Kostüm gesehen. Damit kommst du ganz bestimmt überall gut an.«

Ich hörte, wie Alma mit der Tür knallte.

»Was ist denn in die gefahren?«, fragte Ida.

»Die ist bloß sauer, weil sie nicht mit aufs Fest gehen darf«, sagte ich.

»Aber das Fest ist doch fürs Gymnasium«, sagte Ida. »Sie muss eben bis nächstes Jahr warten.«

»Ja, das habe ich ihr auch gesagt, aber du kennst ja Alma. Sie ist davon überzeugt, dass sie das Recht hat, auf alle Feste zu gehen.«

Am Ende fährt mich Theos Mutter. Die ersten Kilometer legen wir schweigend zurück. Zum Glück. Ich starre aus dem Fenster, sehe, wie sich die Dunkelheit über die Felder senkt.

Die Fahrt dauert nur eine Stunde, kommt mir aber viel länger vor. Theos Eltern haben nicht gefragt, was passiert ist. Noch ein Pluspunkt für sie. Sie haben zwar einen Idioten zum Sohn, aber sie sind ganz schön cool. Auch dass die Mutter mich nach Hause fährt. Ich hatte eigentlich nur darum gebeten, am Bahnhof abgesetzt zu werden, aber Lisbeth bestand darauf, mich bis zu unserem Haus zu fahren.

Als wir vor einer roten Ampel halten, sagt sie plötzlich: »Er hatte dir nichts von Australien erzählt.«

»Nein«, sage ich nur. Es ärgert mich ein bisschen, dass sie das erraten hat, aber andererseits war das sicher nicht so schwer, nachdem auf unserem Waldspaziergang die Stimmung dermaßen gekippt war.

»Du bist ihm wirklich sehr wichtig«, meint sie jetzt.

Ich schweige nur.

»Er hätte es sagen müssen«, erklärt sie.

Ich sage noch immer nichts, aber ich bin froh, weil sie mir immerhin so weit recht gibt.

»Seine letzte Freundin hat vor dem Unfall mit ihm

Schluss gemacht. Er hatte bestimmt Angst, du würdest es auch so machen.«

Ich schweige weiter. Er hat gesagt, sie wollte nicht warten. Streng genommen hat er nicht gelogen. Er hat mich nur glauben lassen, sie wollte nicht darauf warten, dass er wieder gesund wird, und nicht, dass es um dieses Jahr in Australien ging.

Endlich sind wir bei mir zu Hause.

Sie steigt aus und nimmt meine Tasche aus dem Kofferraum.

»Mach's gut, Vega«, sagt sie.

»Danke«, sage ich nur und schließe die Haustür auf.

Schon im Treppenhaus kann ich den Bass hören, der die Wände wackeln lässt, und die Musik, die sich mit Lachen und Gerede mischt. Aber erst, als ich vor unserer Wohnungstür stehe, geht mir auf, dass es von drinnen kommt.

Ich seufze. Alma hat Mamas Regeln auf den Kopf gestellt. Alma darf nicht auf ein Fest gehen. Also hat sie das Fest zu uns nach Hause geholt. Wenn das mit Theo und mir nicht passiert wäre, würde ich es ja auch cool von ihr finden. Aber jetzt … jetzt will ich mich doch nur in meinem Zimmer einschließen und meine Ruhe haben.

Als ich die Tür öffne, liegen überall Schuhe und Jacken herum. Die Musik ist hier noch lauter, und in der Küche kann ich überall leere Bierdosen und Flaschen sehen. Ich kann jetzt einfach keine Konfrontation mit Alma ertragen. Die letzten beiden Wochen haben deutlich gezeigt, dass ich ihr Leben total kaputt gemacht habe, und da ist es vielleicht okay, wenn sie heute Abend hier ihre Nummer durchzieht. Dann muss sie eben den Kopf hinhalten, wenn Mama nach Hause kommt. Und ich muss den Lärm einfach überhören.

Ich gehe zu meinem Zimmer.

Ich öffne die Tür und sehe einen Jungen und ein Mädchen in voller Aktion in meinem Bett. Sie fahren beide überrascht herum.

»Raus!«, sage ich, aber sie sehen mich nur verdutzt an.

»RAUS! RAUS! RAUS!«, rufe ich, und endlich gehen sie auseinander und streifen verwirrt einige Kleidungsstücke über. Ich knalle hinter ihnen die Tür zu. Dann fische ich den Schlüssel aus der Schreibtischschublade und schließe die Tür ab.

Die Musik hämmert durch die Wand. Ich höre lautes Geschrei und mehrmals rüttelt irgendwer an meiner Tür. Ich habe Laken und Bettbezug vom Bett gerissen. Ich will sie nicht anfassen, nachdem ich die beiden gesehen habe, und also sitze ich hier und bin in meine unbezogene Decke gewickelt.

Theo ruft an. Das sehe ich auf dem Display. Sehe seinen Namen wieder und wieder blinken, ehe das Display dunkel wird. Es macht mich wütend, dass er anruft. Was will er denn, zum Teufel? Er kann die Sache doch überhaupt nicht wiedergutmachen. Er hat gelogen. Sie gehen nach Australien. End of fucking story.

Dennoch heule ich los, als er nicht mehr anruft. Im Nebenzimmer zerbricht irgendwer Gläser, Flaschen oder was weiß ich. Und mitten in meinem ganzen Elend denke ich, dass Alma verrückt sein muss, wenn sie sich einbildet, dass Mama nichts merken wird. Es wird viele, viele Stunden Aufräumen brauchen, um die Spuren dieser Party zu entfernen.

Und dann landen meine Gedanken wieder bei Theo. Ein Jahr. Dreihundertfünfundsechzig Tage. Vor einem halben Jahr bin ich mit dem Kopf aufgeknallt. Und ich bin schon eine ganz neue Vega.

Wieso glaubt er, ich könnte ein Jahr warten? Wer weiß, wo wir in einem Jahr sind? Er ist dann sicher ganz gesund. Hat sicher eine ganze Handvoll Australierinnen mit seinem Wissen über Haie und seinem reizenden dänischen Akzent betört.

Und ich … Charlottes Bericht war jetzt zwar besser, aber nicht sehr viel besser. In einem Jahr sitze ich sicher noch immer hier. Ohne Freunde. Ohne *Freund.*

Im Nebenzimmer höre ich, wie etwas sehr laut zu Boden geht. Ich krieche noch weiter in mich zusammen. Wenn die noch lange solchen Krach machen, kommen die Nachbarn von unten hoch, um sich zu beschweren, und dann kann noch die perfekteste Aufräumaktion Mama nichts mehr vorenthalten.

Aber vielleicht will Alma das ja auch gar nicht. Vielleicht will sie sich nur rächen. Aufbegehren. Sie ist wie Theo. Was hatte der denn erwartet? Wann hatte er es sagen wollen? Einen Monat vorher? Eine Woche vorher?

Vielleicht hätte er mir einfach nur nach der Landung eine Postkarte aus Australien geschickt.

»Alma«, ruft jemand im Nebenzimmer.

Ich halte mir die Ohren zu. Alma ... Wann wird sie wohl entdecken, dass ich hier bin? Wenn sie auf den Gang geht, sieht sie meine Schuhe. Meine Jacke. Wenn sie nicht zu betrunken ist, um überhaupt etwas zu sehen.

Ich bohre mir die Finger tiefer in die Ohren. Will das Geschrei und Gelächter nicht mehr hören. Noch andere schreien los. Dann höre ich eine neue Stimme.

»Ey, was ist los mit ihr ...?«

»Sie sieht krank aus. Alles in Ordnung?«

»Hallo, alles in Ordnung?«

»Fuck, dreh die Musik aus!«

Plötzlich ist alles still.

»Der scheint es aber gar nicht gut zu gehen ...«

Ich bohre mir die Finger noch tiefer in die Ohren. Will diesen Teeniekrach nicht mehr hören. Das ist Almas Fest. Soll sie sich darum kümmern. Wenn da jemand kotzen muss, muss Alma es eben wegwischen.

Aber Alma sagt nichts.

»Ey, meint ihr, wir sollten irgendwen anrufen?«

»Wie meinst du das?«

»Die ist doch total weggetreten ...«

Ich springe auf, denn ich kann es nicht ertragen, noch weiter zuzuhören. Was ist mit Alma? Ist sie mit einem Typen in einer Ecke verschwunden oder warum unternimmt sie nichts?

Ich schließe die Tür auf und gehe ins Wohnzimmer, wo sich alle zusammendrängen. Ich bahne mir einen Weg durch die Menge. Meine Füße kleben am Boden, wo Bier und Schnaps verschüttet worden sind.

Und dann sehe ich es.

Alma. Es ist Alma, die leblos auf dem Boden liegt.

KAPITEL 24

ENTSCHULDIGUNG

»Wir dachten, du müsstest sterben«, sagte Alma einmal zu mir, als wir allein im Krankenhaus waren. Ihre Stimme brach dabei … »Sie haben gesagt, sie wüssten nicht, ob du noch einmal zu dir kommen würdest, und dass du es wohl nicht schaffen würdest …« Wieder versagte ihre Stimme.

Ich hätte gern sehr viel gesagt, doch ich konnte als Antwort nur brummen. Ich streichelte ihren Arm, aber da musste sie nur weinen. »Entschuldigung«, flüsterte sie wieder.

Ich drückte sie fest an mich. Und ich wusste nicht, ob sie um Entschuldigung bat, weil sie geweint hatte oder weil wir uns vor dem Fest so gestritten hatten. Es war aber auch nicht wichtig.

Meine Gedanken scheinen ins Stocken geraten zu sein. Als ob ich überhaupt nicht denken könnte, sondern nur hinschauen. Ihre Augen sind nicht ganz geschlossen.

Ich lasse mich neben sie fallen. Schüttele sie, aber nichts passiert. Ein wenig Erbrochenes läuft über ihre Lippen. Ihre Stirn ist schweißnass und kalt. Gleich neben ihr liegt eine Tüte mit Pillen.

»Alma!« Diesmal bin ich es, die schreit. »Alma!« Ich

schüttele sie wieder und wieder und ihr Kopf kippt rückwärts. Ich drehe sie vorsichtig auf die Seite. Aus dem Erste-Hilfe-Kurs in der Schule erinnere ich mich vage an etwas über freie Atemwege.

»Was hat sie genommen?«, rufe ich. Die anderen weichen erschrocken zurück.

Ich schwenke die Tüte.

»Was hat sie genommen?« Niemand erwidert meinen Blick.

Ich schüttele sie wieder.

»Alma!« Sie reagiert noch immer nicht. Jetzt tritt weißer Schaum vor ihren Mund. *Ach, Alma, nun wach doch auf!*

Aber Alma wacht nicht auf.

»Handy …«, sage ich dann und schaue die anderen an. Sie machen sich an ihren Telefonen zu schaffen.

Ich reiße einem Mädchen eins aus der Hand.

Meine Hände zittern so sehr, dass ich die Tasten fast nicht treffe.

1 – 1 – 2. Es klingelt viel zu lange, während ich an Almas Hals herumtaste. Finde einen schwachen, ganz leisen Puls. Ich halte ihr die Hand über die Lippen und nehme einen ganz schwachen Atemhauch wahr.

»Notrufzentrale, guten Abend …«

»Meine Schwester ist umgefackelt … Sie hat Pille irgend …«

»Könnten Sie das wiederholen? Ich kann Sie nicht richtig verstehen.«

»Meine Schwester … Sie ist umgefallen. Sie hat Pillen genommen.« Ich spreche langsam und konzentriere mich auf jedes Wort.

»Was hat sie genommen?«

»Ich weiß nicht!«

»Können Sie ein wenig deutlicher sprechen? Ich kann Sie nur schwer verstehen.«

»Ich weiß es nicht«, rufe ich. »Ich kann sie nicht wecken.«

Ich spüre eine Hand auf meiner, schaue auf und sehe, dass das Mädchen von vorhin mir das Telefon aus der Hand nimmt.

»Ja. Hallo … Hier ist ein Mädchen umgefallen. Sie hat sehr viel getrunken und irgendwelche Pillen genommen …«

Mehr höre ich nicht. Alle Geräusche scheinen zu verschwinden. Ich sehe nur Alma, die noch immer weit weg ist.

Bald darauf höre ich das Kreischen der Sirenen. Dann wird in die Gegensprechanlage gebrüllt. Sie bringen eine Trage mit. Sie versuchen, Alma eine Antwort zu entlocken. Ihre Augen öffnen sich zu einem schwachen Spalt, aber es kommt kein Wort, und ihr Blick ist total glasig. Dann stülpen sie ihr eine Sauerstoffmaske über den Mund und tragen sie zum Rettungswagen hinunter.

Ich darf mit zum Krankenhaus fahren.

Ich bin sicher keine große Hilfe, aber ich sitze auf dem

ganzen Weg neben Alma. Halte ihre Hand, so, wie sie nach meinem Unfall im Krankenhaus meine Hand gehalten hat. Davon bin ich zu mir gekommen. Ich bin zu mir gekommen, weil Alma meine Finger so fest zusammenpresste, dass es wehtat.

Ihr muss der Magen ausgepumpt werden. Ich bitte eine Krankenschwester, Mama anzurufen. Sie erklärt alles kurz, dann gibt sie mir den Hörer.

»Vega, was ist passiert?« Mama ist total außer sich.

»Die kümmern sich um sie«, sage ich. Ich weiß nicht, ob sie das versteht, aber sie beruhigt sich ein bisschen. »Ich bin bei ihr.«

Eine Stunde später darf ich zu Alma.

»Sie ist müde«, sagt der Arzt. Und dann erklärt er eine Menge über Vergiftungen und Drogen und Magenauspumpen. Dass Almas Hals wund ist, dass ihr das Sprechen schwerfallen wird, aber dass alles gut wird.

Ich blicke zu Alma hinüber. Sie sieht so elend aus mit ihrer Sauerstoffmaske.

Sie öffnet den Mund, aber ich schüttele den Kopf.

»Nicht reden«, sage ich. »Schlafen.«

Alma schläft ein und ich schlafe im Sessel neben dem Bett. Ich spüre, wie der Zorn in meiner Brust hämmert. Ich hätte etwas tun müssen. Als ich sie aus der Stadt geholt habe, als sie so betrunken war – oder vielleicht nicht nur betrunken –, da hätte ich etwas zu ihr sagen müssen. Hätte sie danach fragen müssen, ob alles in Ordnung sei.

Ich hatte aber alles Mama überlassen, und Alma war wütend auf Mama, da hat sie natürlich nicht auf sie gehört. Ich hätte etwas sagen müssen.

Vielleicht, wenn ich mit ihr gesprochen und zu verstehen versucht hätte, warum sie plötzlich dermaßen austickte. Was hier eigentlich los war. Dann wären wir vielleicht nicht hier gelandet?

Ich werde davon geweckt, dass jemand mir eine Hand auf die Schulter legt. Es ist Mama.

»Ich bin so schnell gekommen, wie ich konnte«, flüstert sie.

Ich nicke und schaue auf die Uhr. Fünf Uhr morgens. Sie muss sofort losgefahren sein, als wir angerufen haben.

»Sie schläft«, flüstere ich.

Mama nickt. Dann stellte sie eine Menge Fragen, und ich gebe die wenigen Antworten, die ich geben kann. Und jetzt habe ich keine Angst, dumm zu klingen, und vielleicht liegt es daran – vielleicht liegt es einfach daran, dass es so wichtig ist –, jedenfalls scheint Mama mir wirklich zuzuhören und da macht es nichts, dass ich manches mehrmals sagen muss.

Sie setzt sich in den Sessel neben meinem. Und bald danach schlafe ich an ihrer Schulter wieder ein.

Das Krankenhaus will Alma noch zwei Tage dabehalten. Am nächsten Tag fragt Mama, ob ich Alma von zu Hause ein wenig saubere Wäsche holen kann. Ich nicke.

Sie gibt mir Geld für den Bus. Als ich das Zimmer verlasse, schaue ich mich verstohlen um und sehe, wie Mama behutsam Almas Arm streichelt. Es ist bestimmt schrecklich für sie, wieder hier zu sein. Es ist noch kein Jahr her, dass ich hier in einem Krankenhausbett lag.

Als ich die Tür öffne, stinkt die ganze Wohnung nach Schnaps. Das Wohnzimmer sieht unbeschreiblich aus und ich sammele alle Flaschen in eine große Tüte. Das macht zwar keinen besonders großen Unterschied, aber immerhin wird es etwas weniger chaotisch aussehen, wenn Mama nach Hause kommt. Ich würde gern alles sauber machen. Ich würde gern alle Spuren des Festes entfernen, die mich an Almas leblosen Körper auf dem Boden erinnern. Ich habe noch nie solche Angst gehabt wie in dem Moment, als ich sie gefunden habe. Aber jetzt habe ich keine Zeit zum Aufräumen.

Ich gehe in Almas Zimmer und nehme mir einen Rucksack. Ich öffne ihren Schrank. Und dann treten mir Tränen in die Augen. Fast hätten wir sie verloren. Was, wenn ich nicht da gewesen wäre? Wie lange hätten ihre zugedröhnten Freunde gebraucht, um endlich einen Rettungswagen anzurufen?

Ich bekomme eine Gänsehaut. Solche Dinge werden durch Zufälle entschieden. Wie bei mir: Wenn ich nur wenige Minuten später gefunden worden wäre, dann stände nicht fest, ob ich jemals wieder …

Ich verdränge die Angst. Alma geht es gut. Die Ärzte

rechnen damit, dass alles vollständig in Ordnung kommt, das haben sie gesagt. Ich schaue in den Schrank. Ich möchte ihr eine ihrer Lieblingsblusen bringen. So etwas ist wichtig, wenn man im Krankenhaus liegt. Wenn alles andere fremd ist, tut es gut, etwas Vertrautes zu haben. Ich packe zwei Blusen ein. Dann fällt mir ein, dass ich oft gefroren habe. Dass es von den Fenstern her ziemlich oft gezogen hat, obwohl man doch meinen sollte, dass ein Krankenhaus dichte Fenster hätte.

Ich öffne die andere Hälfte des Schrankes, wo die Kleiderbügel hängen. Ich sehe Almas viele Kleider. Ich suche dazwischen. Suche nach einem Pullover oder Schal.

Aber auf halbem Weg kann ich plötzlich nicht mehr weiter.

Zwischen den vielen Kleidern entdecke ich plötzlich etwas. Eine Feder, die hervorragt. Eine schwarz-blau-grüne Feder. Wie ein Auge. Eine Feder, an die ich wochenlang gedacht, die ich gesucht hatte. Meine Hände zittern, als ich es herausziehe:

Ein schwarzes Kleid mit Pfauenfedern.

Das Kleid aus meinem Traum.

KAPITEL 25

EIN PFAU AUF DER FLUCHT

Es war kurz nach Mitternacht, ich ging hinaus zum Schwimmbecken, um frische Luft zu schnappen, während Johan uns etwas zu trinken holte.

Ich schaute ins Wasser, und wie alle anderen auf dem Fest ärgerte ich mich, weil das Becken nicht wie vereinbart gereinigt worden war, damit wir baden könnten. Es wäre das richtige Wetter dazu gewesen. Ein warmer Abend Ende Mai. Stattdessen war das Becken nur halb voll und das Wasser schmutzig.

Dann sah ich, dass jemand versuchte, sich einzuschleichen und über den Zaun hinter dem Becken zu klettern. Zuerst wollte ich es ignorieren, aber dann sah ich die Pfauenfedern. Das Kleid, an dem Alma wochenlang gearbeitet hatte und das sie angeblich zu Halloween tragen wollte.

Ich ging auf die andere Seite des Beckens. Ich merkte, wie mein Zorn immer größer wurde. Wie hatte sie sich einbilden können, dass ich sie nicht entdecken würde? Wollte sie einfach versuchen, sich einzuschleichen und sich in der Menge zu verstecken? Wie blöd war sie denn eigentlich?

Sie streicht das Kleid gerade, das nach der Kletterpartie verrutscht ist. Dann dreht sie an Lucas' Ring, damit der Stein oben sitzt.

Ich gehe zu ihr.

»Was willst du denn hier?« Ich packe sie. Sie zuckt zusammen.

»Äh, oh«, sagt sie nur.

»Geh nach Hause, Alma«, sage ich.

»Das entscheidest nicht du«, sagt sie.

Ich reiße ihr die Maske vom Gesicht. »Du darfst nicht hier sein, du bist nicht eingeladen. Das ist unser Fest.«

»Ach, hör doch auf, hier sind so viele, die nicht eingeladen sind.«

»Aber ich will nicht, dass du hier bist.«

»Warum bist du immer so gemein?« Ihre Stimme ist gepresst vor Wut und Frustration.

»Warum bist du immer so kindisch?«, frage ich. »Kannst du dir nicht, verdammt noch mal, ein eigenes Leben zulegen, statt die ganze Zeit in meins einzudringen?«

»Wann lernst du, verdammt noch mal, dass sich nicht alles um dich dreht?«, ruft sie.

»Geh nach Hause, Alma«, sage ich. »Sonst schmeiß ich dich hier raus.«

»Warum bist du so fies?«

»Geh schon, Alma!« Ich stoße sie. Härter, als ich wollte. Sie schwankt auf ihren hohen Absätzen.

»Geh doch selbst«, sagt sie und stößt mich ebenfalls. Das Glas fällt mir aus der Hand und zerbricht, während ich einen Schritt zurücktrete, um festen Boden unter den Füßen zu finden. Ich spüre den Beckenrand unter meinen Füßen, dann verschwindet der Boden unter mir.

Mein Magen krampft sich zusammen, als ich falle.

Ich sehe, wie Alma nach Luft schnappt, dann dreht sie sich um und stürzt davon.

Die Erinnerung bricht über mich herein. Plötzlich weiß ich alles wieder. Wie Alma mir zugesetzt hatte, weil sie unbedingt auf das Fest wollte. Sie hatte mir wieder und wieder erzählt, dass mehrere aus ihrer Klasse von Leuten aus dem Gymnasium eingeladen worden waren. Dass viele Gäste mitbrachten, auch wenn das nicht erlaubt war. Dass sie alles tun würde, um mitkommen zu dürfen.

Ich sagte Nein. Das war *mein* Schulfest. Ich hatte keine Lust, eine nervige kleine Schwester im Schlepptau zu haben. Ich wollte mein Sommerfest allein genießen.

Ich denke daran, wie Alma im Krankenhaus um Entschuldigung gebeten hat. Ich dachte, sie wollte sich wegen unseres Streits entschuldigen und weil sie mich am Abend vor dem Fest gehasst hatte, weil ich sie nicht mitnehmen wollte. Aber jetzt weiß ich, woran sie wirklich gedacht hat. Und jetzt weiß ich, warum sie so hysterisch wurde, als ich in ihren Schrank geschaut habe, und warum sie nicht wollte, dass ich die Schubserin suchte. Und warum das Pfauenmädchen auf keinem Bild zu finden war. Alma hatte es nicht bis zum Fest geschafft. Sie war nach Hause gelaufen, als ich ins Becken gefallen war.

Ich sitze lange mit dem Kleid in der Hand in Almas Zimmer und versuche, das alles zu verstehen. In dieser ganzen Zeit hat Alma es gewusst und sie hat nie auch nur ein Wort gesagt. Zuerst bin ich wütend, außer mir vor Wut, aber dann verdampft mein Zorn langsam, und ich denke an diese seltsame Traurigkeit, die Alma seit damals ausstrahlt. Wie traurig sie bei jeder Bewertung war. Ich denke wieder an die Erinnerung. Ich habe zuerst geschubst und dann hat sie sich gewehrt. Genau wie wir das immer getan haben, schon als kleine Kinder. Sie konnte nicht wissen, was passieren würde …

Ich schaue auf mein Handy. Ich muss zurück, bevor Mama sich Sorgen macht. Ich stecke das Kleid zu den anderen Sachen in den Rucksack und mache mich auf den Weg zum Krankenhaus.

Ich warte, bis Mama nach unten geht, um für uns Frühstück zu besorgen. Sie sagt, dass sie aus einer von Almas Lieblingsbäckereien Baguettes holen will. Sie nimmt an, dass sie ungefähr eine Stunde dafür brauchen wird.

Das ist gut so. Alma ist wach. Sie ist so gut in Form, wie es nur möglich ist, und ich kann die Sache nicht mehr für mich behalten.

»Ich hab dir Wäsche geholt«, sage ich.

»Danke.« Ihre Stimme klingt schrecklich heiser.

»Ich geb dir einen Pullover«, sage ich.

»Das ist jetzt nicht nötig«, sagt sie mit ihrer zerstörten Stimme.

Ich öffne die Tasche und ziehe das Kleid heraus.

»Pfau«, sage ich und werfe es auf den Sessel.

Alma sieht zuerst mich an und daraufhin das Kleid. Dann fängt sie an zu weinen. Ich warte, bis sie damit fertig ist.

»Du warst das«, sage ich dann.

Was eine neue Tränenflut auslöst.

»Entschuldige«, flüstert sie mehrere Male.

Ich warte noch immer.

»Ich wusste nicht, dass du mit dem Kopf aufgeschlagen warst«, sagte sie dann. »Als du ins Wasser gefallen bist, bin ich in Panik geraten und weggelaufen. Ich dachte, du würdest wütend sein, weil ich dein Kleid ruiniert hatte … ich hatte doch keine Ahnung …« Ihre Stimme versagt. »Es tut mir so leid, Vega. Wenn ich gewusst hätte … Ich wäre doch nicht gegangen …«

Ich sage noch immer nichts.

»Alles zusammen ist meine Schuld«, flüstert sie.

Ich beiße mir auf die Lippe.

»Nein«, sage ich dann. »Pech.«

Ich denke daran, was Theo gesagt hat. Es ist nicht wichtig. Er hat recht. Wir entscheiden selbst, was wichtig ist.

»Ich konnte es nicht zugeben«, sagt sie. »Du hättest mich gehasst.«

»Nein«, erwidere ich und nehme ihre Hand. »Ich hasse dich nicht.«

»Aber es ist meine Schuld …« Alma weint wieder, und jetzt verstehe ich endlich den Schatten der Düsterkeit, der vor meinen Augen in ihr gewachsen ist. Ich dachte, es sei meine Schuld. Weil ich ihr Leben kaputt gemacht hatte.

»Und gestern hast du mich gerettet«, schluchzt sie. »Du hast mir das Leben gerettet, obwohl ich …«

Ich setze mich auf die Bettkante und lege den Arm um sie. Sie weint immer weiter.

»Ist schon gut«, flüstere ich.

»Nein«, sagt sie. »Immer, wenn du Probleme hast, immer, wenn du traurig bist, ist es meine Schuld …« Sie schnieft.

»Ist schon gut«, sage ich wieder.

»Nein, was ist, wenn du nie wieder gesund wirst?«, fragt sie. »Was, wenn es jetzt immer so bleibt?«

Die Angst wandert aus ihren Augen und greift auf mich über. Und plötzlich verstehe ich, warum die Theaterschule in London so verlockend war. Dann wäre sie weit weg von allem. Weg von mir und den Schuldgefühlen und der Angst.

»Das geht schon«, verspreche ich ihr. »Ich verzeige dir.«

»Ver-zei-he«, korrigiere ich dann. Alma gibt keine Antwort. Sie weint nur immer mehr und ich streichele ihren Rücken.

Als Mama mit dem Frühstück zurückkommt, schleiche ich mich aus dem Zimmer. Mir brummt vom vielen Denken noch immer der Kopf. Ich habe Alma gesagt, dass sie Mama nichts verraten dürfe. Es besteht kein Grund, unsere Eltern in die Sache hineinzuziehen. Damit ist niemandem geholfen und wir wollen jetzt nicht mehr in der Vergangenheit festhängen.

Von jetzt an will ich mich nur noch vorwärts bewegen.

Ich gehe in einen leeren Gang und ziehe mein Telefon hervor. Theo hat wieder angerufen und nun rufe ich zurück.

»Hallo«, sagt er.

»Hallo«, sage ich.

»Es tut mir so leid, dass …«

»Alma ist im Krankenhaus.«

»Was?«

»Alma ist im Krankenhaus«, sage ich noch einmal ganz langsam.

»Ja, das habe ich verstanden. Weshalb …«

»Lange Geschichte. Kommst du?«

»Natürlich …«

Theo ist eine Stunde später da. Nachdem er Mama und Alma begrüßt hat, gehen wir in den Krankenhauspark. Das mit Reif bedeckte Gras knirscht unter den Schuhen.

»Warum Australien?«, fange ich an.

»Seeschlangen«, sagt Theo. »Darüber soll mein Vater forschen.«

»Ja, aber warum?«

Er zuckt mit den Schultern.

»Er hat Kabeljau und Knöpfe satt.«

Ich lache, und nicht nur, weil er »Knöpfe« sagt und nicht »Krebse«, sondern auch, weil das Bild so komisch ist. Natürlich sind Seeschlangen interessanter als Knöpfe. Wer könnte da widersprechen?

»Das ist … weit weg«, sage ich.

Wir bleiben stehen. Er legt mir die Hände an die Wangen.

»Ich liebe dich«, sagt er.

Und mir läuft ein Kribbeln bis hinunter in die Zehen.

Ich öffne den Mund, aber er redet einfach weiter.

»Das ändert sich nicht. Wir können gut ein Jahr warten.«

Bei der bloßen Vorstellung treten mir Tränen in die Augen, aber ich nicke.

»Wir haben schon … viel Schlimmeres geschafft.«

KAPITEL 26

SECHS MONATE SPÄTER

Alma geht es jetzt gut. Keine Folgeschäden, abgesehen von den psychischen, und die bestehen vor allem daraus, dass es ihr unendlich peinlich ist, dass alle Welt noch wochenlang keinen anderen Gesprächsstoff hatte als ihren Absturz. Aber das bedeutet jetzt nicht so viel, denn sie hat mit Mama abgemacht, dass sie nach den Sommerferien auf eine andere Schule wechselt. Ich glaube, am liebsten würde sie ganz von der Schule abgehen, aber das hat Mama noch nicht akzeptiert. Im Gegenzug durfte Alma sich zu einem Sommerkurs zum Thema Drama anmelden. Und obwohl der für Anfänger ist und die sicher »unter ihrem Niveau« sind, merke ich doch, wie sehr sie sich freut.

Ich würde gern sagen können, dass alles perfekt ist, seit Alma wieder zu Hause ist. Dass ich doch nur das Geheimnis der »Schubserin« lösen musste, um geheilt zu sein.

So ist es aber nicht, es ist doch viel passiert. Meine Sprache hat einen großen Sprung nach vorn gemacht, und obwohl ich noch immer über die Wörter stolpere, und einige Male nur die Hälfte davon sagen kann, was ich sagen will, ist es wirklich besser geworden. Ich kann jetzt ganze Sätze sagen. Noch immer keine sehr langen oder komplizierten, aber nicht mehr nur einzelne Wörter.

Es geht sogar so gut, dass das Sozialamt, Charlotte und Mama darüber gesprochen haben, dass ich nach den Sommerferien wieder zur Schule gehen kann. Aber nicht aufs Gymnasium. Es wäre nicht gut, zurückzugehen, wo alle anderen aus meinem Jahrgang ihr Abi haben. Also gehe ich auf die Aufbauschule. Die ist auch besser für mich geeignet – da kann ich ein Fach nach dem anderen nehmen und langsam mein Abitur zusammenbauen. Ich bekomme Punkte für die Fächer vom Gymnasium, und wenn ich Glück habe, kann ich schon in einem Jahr fertig sein, wenn Theo nach Hause kommt. Und wie Mama sagt, ist es nicht gut, wenn ich mir wegen der Zeit Sorgen mache. Das Wichtigste ist, dass ich ans Ziel komme. Nicht, wie schnell mir das gelingt.

Theo und ich sind noch immer zusammen. In einem Monat fährt er nach Australien. Wir versuchen, nicht zu sehr daran zu denken. Wir werden jeden Tag skypen. Genau wie zu Anfang.

Papas Projekt ist verlängert worden und er hat die erhoffte Stellung als Projektleiter bekommen. Das bringt eine schöne Gehaltserhöhung mit sich, und deshalb habe ich jetzt auch Privatunterricht und werde bald so gut sein wie Theo.

Mamas Buch ist erschienen. Es hat allerlei Aufmerksamkeit erregt und ihr viele neue Angebote eingebracht. Aber sie hat versprochen, dass sie nie wieder über Dinge schreiben wird, die uns so nahegehen.

Papa hat uns für den Herbst in die Wüste eingeladen.

Und dann werde ich die Sterne doch sehen, ohne mein Sparbuch angreifen zu müssen. Also werde ich mit einem Teil des Geldes von der Atacamawüste weiter nach Australien fliegen. Theo und ich haben schließlich beschlossen, wenn wir eine Gehirnblutung überwinden können, dann schaffen wir ja wohl auch eine weite Entfernung …

Ida und Johan sind auch noch immer zusammen. Irgendwie freue ich mich darüber. Dass sie wirklich verrückt nacheinander sind und dass es nicht bloß ein blöder Einmalfick war.

Ich bin nicht mehr wütend auf Johan. Ich weiß nicht, wann ich damit aufgehört habe. Mein Zorn scheint einfach langsam ausgebrannt zu sein. Vielleicht liegt es daran, dass Theo mir gezeigt hat, dass das, was Johan und ich hatten, am Ende keine Liebe mehr war. Wir waren nur in den Resten von alten Gefühlen und Erwartungen gefangen.

Auf irgendeine Weise habe ich ein schlechtes Gewissen. Johan hat sich solche Mühe gegeben, meine Gefühle nicht zu verletzen, und ich habe es genau umgekehrt gemacht: ihn da getroffen, wo es sein Ego am härtesten treffen musste.

Ich bin auch Ida nicht mehr böse. Jedenfalls nicht so sehr. Manchmal trifft die Liebe uns wie ein Blitzschlag. Ich glaube, das war bei ihr so. Das möchte ich jedenfalls glauben.

Deshalb beschließe ich eines Tages im Mai, ihr zu schreiben.

Es ist keine lange Nachricht. Nicht, weil ich keine lange schreiben könnte. Das kann ich jetzt, wenn ich mir genug Zeit lasse, sondern, weil ich es klüger finde, mich kurzzufassen.

Hallo, Ida.
Können wir uns im Café T treffen?
Gruß Vega

Es dauert lange, bis ich von ihr höre, und ich hätte vielleicht schreiben sollen, dass ich nicht vorhabe, sie anzuschreien oder ihr glühend heißen Kaffee ins Gesicht zu kippen, sondern dass ich wirklich nur reden will. Abends antwortet sie mit Ja, und wir verabreden uns für den Dienstagnachmittag in der nächsten Woche. Sie ist jetzt zu Hause und büffelt für das Abi.

Am Dienstag bin ich schon ziemlich früh da. Ich suche mir einen Fenstertisch in der Ecke, wo wir ungestört reden können. Hier haben wir immer gesessen, wenn wir geschwänzt haben oder einfach nur Kakao trinken wollten.

Sie kommt zehn Minuten später. Sie trägt die Haare anders. Sie hat sie kurz geschnitten. Eigentlich hatte ich das ja schon auf Facebook gesehen, aber es ist doch noch anders so aus der Nähe. Sie sieht mich und kommt langsam auf mich zu. Ich kann die Nervosität in ihrem Blick sehen, und ich versuche, sie anzulächeln, aber das beunruhigt sie offenbar nur noch mehr.

»Hallo«, sage ich, als sie nahe genug ist, um es hören zu können.

»Hallo …«, sagt sie und zieht sich einen Stuhl heran. Sie setzt sich auf die Kante, wie um notfalls sofort fliehen zu können. Dann bricht das Schweigen über uns herein. Es legt sich zwischen uns wie ein Nebel und macht nun auch mich unsicher. Aber ich reiße mich zusammen. Ich habe sie herbestellt, also muss ich auch das Gespräch anfangen.

»Wie geht es dir?«, frage ich.

»Gut«, sagt sie. »Und dir?«

»Es geht besser.«

»Wie schön.«

»Ich bin nicht … wütend«, sage ich dann. »Nicht mehr.« Ich gebe mir große Mühe mit den Wörtern. Ich weiß, dass ich mehr Fehler mache, wenn ich nervös bin. Und jetzt will ich keinen Fehler machen.«

Ida starrt die Tischplatte an.

»Entschuldigung«, sagt sie.

»Ist schon gut«, sage ich.

»Ich hätte es sagen müssen«, sagt sie. »Aber ich wollte dich einfach nicht verlieren.«

In ihren Augen glitzern Tränen und plötzlich sieht sie unendlich jämmerlich aus. Und erst jetzt geht mir auf, dass ich hier nicht die Einzige bin, die ihre beste Freundin verloren hat.

Ich zucke ein wenig mit den Schultern.

»Du hast mir gefehlt«, sage ich.

»Du hast mir auch gefehlt«, sagt sie.

Sie schnieft ein wenig und wischt sich die Augen.

»Du sprichst jetzt ja richtig gut.«

Ich nicke. »Es wird die ganze Zeit besser«, sage ich. »Nach den Ferien gehe ich auf die Aufbauschule.«

»Viel Glück«, sagt sie und klingt ehrlich erfreut. »Das ist doch schön für dich.«

»Was machst du nach dem Sommer?«, frage ich.

»Joha …« Sie unterbricht sich, blickt mich fast besorgt an, aber ich nicke nur. Sie darf gern seinen Namen nennen. Ich weiß ja, dass sie noch immer zusammen sind.

»Johan und ich haben über ein freiwilliges Jahr in Afrika gesprochen.«

»Spannend«, sage ich und ärgere mich trotzdem. Sie geht also auch in ein anderes Land. Sie verschwindet, wie Theo.

»Freust du dich darauf, wieder zur Schule zu gehen?«, fragt sie.

»Ja, aber das wird seltsam.«

»Ja«, sagt sie. »Aber immerhin ist es die Aufbauschule. Da sind sie nicht mehr so kindisch.«

Und aus irgendeinem Grund prusten wir los. Vielleicht, weil wir wissen, dass da genauso viele kindische Leute sein können wie auf dem Gymnasium. Sie sind nur älter und kindisch. Es macht alles ein wenig leichter, dass wir lachen. Es ist trotzdem nicht so ganz wie früher, noch immer gibt es zwischen uns eine Distanz. Aber das ist so wie bei allem anderen: Wir müssen trainieren.

Wir enden mit einer vorsichtigen Umarmung. Das ist ein Anfang. Und wir verabreden ein neues Treffen im Café, wenn sie erst das Abi hinter sich hat. Mir kommt das alles richtig vor, als ich nach Hause gehe. Es tut gut, es gesagt zu haben. Und ich weiß, wenn unsere nächsten Verabredungen auch so gut laufen, dann macht es auch nichts, wenn sie für ein Jahr weggeht. Wir fangen eben von vorn an, wenn sie wieder nach Hause kommt.

KAPITEL 27

ABSCHIED

Ich erwache mit einem Stein im Bauch. Theo liegt neben mir. Sein Atem ist ruhig und tief. Er schläft noch. Heute ist es so weit. Heute fährt er. Ich habe bei ihm übernachtet, damit wir die letzten gemeinsamen Stunden genießen können, und das haben wir. Gestern sind wir in Küssen und Tränen ertrunken und jetzt schmiege ich mich ganz eng an ihn. Wir wollen das für lange Zeit letzte Mal, dass wir zusammen aufwachen können, auskosten.

Auf dem Couchtisch liegen zwei Kalender, die Theo für uns gekauft hat. Solche, die man an die Wand hängen kann. Es sind Countdownkalender, hat er gesagt. Und er hat schon die Tage eingezeichnet, an denen wir uns sehen werden. Und zwar im Herbst, wenn ich Papa besuche. Und zu Weihnachten (Theos Eltern haben gesagt, dass sie mich einladen). Und vielleicht zu Ostern, wenn wir genug sparen können.

Eigentlich kommt es mir gar nicht so lange vor, wenn ich den Kalender ansehe. Jedes Blatt ist ein Tag, und wenn ich unten ankomme, ist er wieder zu Hause.

Plötzlich legt er die Arme um mich und drückt mich ganz fest an sich.

»Guten Morgen, meine Liebste«, flüstert er mir ins Ohr.

Ich bringe ihn zum Flughafen, und netterweise gehen seine Eltern Kaffee trinken und lassen uns allein. Wir umarmen uns ganz fest, wie das nur geht, wenn man weiß, dass man sich erst in Monaten wiedersehen kann.

»Du darfst nicht …«, fange ich an. Und ich hätte *weggehen* gesagt, aber das hätte uns nur noch trauriger gemacht, ich weiß ja, dass ihm nichts anderes übrig bleibt. Also sage ich: »… von Haien gefressen werden.«

Er lacht.

»Das ist mein Ernst«, sage ich. »Du musst am Stück nach Hause kommen.«

Dann blickt er mich ernst an. Die braunen Augen bohren sich tief in meine.

»Du darfst dich in keinen anderen verlieben«, flüstert er.

»Tu ich nicht«, sage ich, und mein Herz hämmert los, als wollte es ihm klarmachen, wie sehr ich ihn liebe.

»Gut«, sagt er und zwingt sich zu einem Lächeln, obwohl wir beide Tränen in den Augen haben. »Dann lass ich mich auch nicht von einem Hai fressen.«

Danach sagen wir nicht mehr viel. Küssen uns ganz oft. Und flüstern immer wieder *Ich liebe dich*, bis bestimmt allen in unserer Nähe schlecht wird.

Dann kommen seine Eltern zurück, und sie gehen durch den Sicherheitsscheck und fliegen los. Auf die andere Seite der Erde. Und unser Countdown hat angefangen …

NACHWORT DER AUTORIN

Die Inspiration zu diesem Buch kam mir, als jemand aus meiner Familie von Aphasie getroffen wurde. Ich konnte sehen, wie hilflos man ist, wenn man sich nicht ausdrücken kann. Ich sah Zorn und Frustration, aber auch Trauer und Einsamkeit, die sich einstellen, wenn man seine Gedanken und Gefühle nicht mehr teilen kann. Und ich dachte, ich wollte versuchen, alles in Worte zu fassen, was jemand mit Aphasie nicht sagen kann. Das war der Startschuss zu »Wie das Licht von einem erloschenen Stern«.

Vega und Theo sind fiktive Personen, und ihre Geschichten bauen nicht auf der meiner Familie auf. Aber die Beschreibungen ihres Kampfes mit den Wörtern sind durch meine Erfahrungen entstanden. Ich habe zahllose Male versucht, Wörterschlamm zu deuten, und Ratespiele darüber veranstaltet, was wohl gemeint sein kann, wenn man nur Handbewegungen und Wortfetzen hat. Und ich habe die Freude gesehen, wenn es gelingt, aber auch Trauer und Hilflosigkeit, wenn es nicht der Fall ist.

Krankheitsverlauf und Ereignisse in diesem Buch sind zusammengesetzt worden, um die bestmögliche Geschichte zu schreiben. Das Buch soll deshalb nicht als Versuch betrachtet werden, den typischen oder normalen Verlauf eines Aphasiefalles zu schildern. Aphasie ist eine komplexe Krankheit und sie kann sich auf sehr unterschiedliche Weise niederschlagen. Theo und Vega im Buch machen Fortschritte und gehen einem normalen Alltag entgegen, aber manchen steht ein Kampf bis an ihr Lebensende bevor.

Ich hoffe, das Buch kann Aufmerksamkeit auf Aphasie und Gehirnschäden allgemein lenken. Damit wir uns klarmachen, dass andere sich vielleicht nur mit Mühe ausdrücken können, dass ihr Gehirn und ihre Gedanken aber trotzdem funktionieren.

Nichts ist mehr wie es war …

Nicole Boyle Rødtnes

Die Töchter der Elfe.

Unheilsblick (Band 2)

Roman
Gebunden, 304 Seiten
Gulliver (74642)
E-Book (74650)

Seit Birke und Rose wissen, dass ihr Vater die totgeglaubte Schwester Erle dem Wassermann geopfert hat, brechen sie für immer mit ihm.
Als der Elf Aske auftaucht und die Schwestern beschützen will, fühlt sich Birke von ihm wie magisch angezogen. Doch was sind die wahren Gründe für sein plötzliches Erscheinen?

www.beltz.de BELTZ & Gelberg

Wie Katz-und-Maus

Stephan Knösel

Das absolut schönste Mädchen der Welt und ich

Roman
Klappenbroschur, 256 Seiten
Beltz & Gelberg (81183)
E-Book (74606)

Paul ist völlig gefesselt von Zoe, der vermeintlichen Taschendiebin. Er muss ihr beweisen, dass er der einzig Richtige für sie ist. Zoe aber ist nicht auf den Mund gefallen und gleitet Paul immer wieder aus den Händen. Was verbirgt sie vor ihm?

»Temporeich, vielschichtig, atemlos spannend!«
Stuttgarter Zeitung über *Jackpot*

»Stephan Knösel ist ein geschickter Erzähler. Sein Spiel mit Erzählperspektiven ist durchs Drehbuchschreiben geschult.«
Die Welt über *Echte Cowboys*

www.beltz.de BELTZ & Gelberg